比翼は連理を望まない

退魔の師弟、蒼天を翔ける

安崎依代

23975

角川ビーンズ文庫

正体不明の美貌の貴人。
黄季の師となる
氷《ひ》柳《りゅう》
鸛《ばん》黄《おう》季《き》
宮廷退魔組織・泉仙省泉部の
新人退魔師。
攻撃呪が苦手な落ちこぼれ

目次

比翼《ひよく》は連理《れんり》を望まない

退魔の師弟、蒼天を翔ける

登場人物

恩慈雲《おんじうん》

泉仙省泉部長官。氷柳のもとに通う黄季を怪しむ

李明顕《りめいけん》

風民銘《ふうみんめい》

黄季の同期

魏浄祐《ぎじょうゆう》

泉仙省泉部次官補。黄季にとっては少し苦手な上官

～退魔師の「比翼」とは～

退魔師は、前衛に立って妖怪と戦う前翼、
後方から結界や遠距離攻撃で支援をする後翼、
二人一組の対となって任務にあたる。
自らの背中と命を預ける唯一の相棒を、
一対の翼にたとえて比翼と呼ぶ。

本文イラスト／縞

序

空が、燃えていた。

暴政によって疲《つか》れ果てた都が。虚栄《きょえい》の絢爛《けんらん》に彩《いろど》られた王城が。争いに敗れて転がる屍《しかばね》が。

降り注ぐ炎《ほのお》に巻かれて、やがてそれらも業火《ごうか》を煽《あお》るただの燃料となり果てる。

都ひとつを丸々呑《の》み込んだ炎が、肌《はだ》を焼く。髪《かみ》を焦《こ》がす。呼吸を奪《うば》う。

その炎が、都に蔓延《はびこ》った陰《いん》の気を焼き払《はら》い、浄化《じょうか》するために展開された救いの術であると知っていても。その術を本来行使すべき立場にあった退魔師《たいまし》である私をしても。

……今目にしている光景は、地獄《じごく》のそれとしか思えなかった。

「……永膳《えいぜん》」

そんな灼熱《しゃくねつ》地獄の中にいながらそれでも唇《くちびる》を開いたのは、隣《となり》にいるべき相方の姿が見えなかったからだった。

「永膳……永膳、どこだ、永膳っ‼」

もはや術を繰《く》って己《おのれ》に降りかかる火の粉を防ぐ力さえ残されていない。

それでも足は前に出る。焼けてひりつく喉《のど》は捜《さが》し人の名前を叫《さけ》び続ける。

「永膳……っ!!」

「涼麗《りようれい》っ!!」

その一切《いっさい》が、力強い腕《うで》に阻《はば》まれた。それが求めた相手の腕ではないと分かっている私は、なりふり構わず前に出ようと身をよじる。

「やめろ涼麗!! 死ぬつもりかっ!!」

「放せっ!! 永膳が……っ!!」

「お前だって分かってるだろ涼麗っ!!」

決死の覚悟《かくご》で私を止めた同期は、そこまで叫んで少しだけ言葉を躊躇《ためら》わせた。

わずかに詰《つ》まった呼吸だけでそれを察することができた自分が、憎《にく》かった。

「永膳が、生きてるはずないって……っ!!」

――そう、本当は誰《だれ》よりも私が分かっていた。

永膳が、生きているはずがない。

なぜなら彼は、本来私が負うはずだった役目を果たすために、私の隣を離《はな》れたのだから。

この禍々《まがまが》しい炎のど真ん中で、生贄《いけにえ》のごとく死ぬはずだった私の役目を、掻《か》っ攫《さら》っていったのだから。

――それでも私は、認められない。

だって、永膳は。彼は。

……そう思った瞬間《しゅんかん》、ポツリと何かが頰《ほお》に触《ふ》れた。

私は思わずハッと空を見上げる。抵抗《ていこう》を止《や》めた私の後を追うように、私を羽交《はが》い締《じ》めにしていた同期も顔を上げたのが分かった。

そんな私達を宥《なだ》めるかのように、雨が降っていた。ポツリ、ポツリと躊躇うように降り始めた雨は、私達が呆然《ぼうぜん》と空を見上げている間に矢が降るような豪雨《ごうう》に化ける。

燃え盛っていた炎が、あっという間に、押し潰《つぶ》されるように消えていく。

浄化の炎を消し止める、清めの雨。燃やし尽《つ》くすべき陰の気が消滅《しょうめつ》したことを示す雨。

それはすなわち、この大術が無事に役目を果たし終えた証《あかし》であり……

「……っ、ぁ」

……術の対価に差し出された、永膳の命が潰《つい》えた証でもあった。

永膳は、……私の比翼《ひよく》は。

無二の相方で、唯一《ゆいいつ》絶対の主《あるじ》は。

この国を救うために、死んだのだ。私が担《にな》うべき役目を奪い去って、私の代わりに、死んだのだ。

「うわぁぁぁあああああっ!!」

多分私は、絶叫《ぜっきょう》しながら泣いていた。

叫んでいたことも、泣いていたことも分からないくらいに、頭の中は真っ白だったけれど。

私はきっと、……哭《な》いて、いたのだろう。

鳳蘭帝《ほうらんてい》が御代《みよ》十七年。沙那《さな》の都は、国を荒廃《こうはい》させた暴帝《ぼうてい》とともに焼け落ちた。

後に『天業《てんごう》の乱《らん》』と呼ばれるようになる大乱である。

この大乱終結の陰《かげ》に『氷煉比翼《ひれんひよく》』と称《しょう》される一対《いっつい》の退魔師の存在があったことは、後の世、長く沙那の退魔師達に語り継《つ》がれていくことになる。

壱

蒼波帝《そうはてい》が御代八年。

先帝から玉座を継いだ若き皇帝の下《もと》、沙那《さな》の都の復興は進み、人々はつつがなく日常生活を取り戻《もど》していた。

「……って、素直《すなお》に言えれば良かったんだけどなぁぁぁぁあああああっ!!」

そんな都の片隅《かたすみ》を、黄季《おうき》は胸中の不満を力いっぱい叫びながら全力疾走《しっそう》していた。

両側にはどこまでも続く築地塀《ついじべい》。後ろには涎《よだれ》を垂らしながら全力で黄季を追いかけてくる化け物。絵に描《か》いたように分かりやすい危機である。

「なんってこんな大物の妖怪《ようかい》が出てくるかなぁっ!?　なんっっっで先輩《せんぱい》諸氏が一緒《いっしょ》にいない時に限って出てくるかなぁぁぁっ!?」

叫びながらチラリと後ろに視線を投げれば、牛の頭に鬼《おに》の体をした妖怪が相変わらず黄季を追いかけてくるのが見えた。黄季が退魔師の端《はし》くれでなかったら、四つ角でバッタリ出会った瞬間に食い殺されていた可能性が高い。

——都のただ中でこんな目に遭《あ》うとかどーゆーこと!?　太陽が中天に輝《かがや》く真っ昼間なの

に！

新人退魔師であることを示す黒い袍《ほう》を翻《ひるがえ》し、ただでさえ癖《くせ》が強くてよく跳《は》ねる色が明るい髪をさらに跳ねさせながら、黄季はひたすらどこともつかない路地を疾走していく。腰《こし》に巻いた宮廷《きゅうてい》退魔師であることを示す帯飾りが、こんな時ばかりは鬱陶《うっとう》しい。そして曲がりなりにも宮廷退魔師の格好をした自分が、為《な》す術《すべ》もなく妖怪に追われて逃《に》げ回っているという現実が情けない。

――それだけ今の都の陰の気が酷《ひど》いってことなんだろうけど……っ！

凝《こ》った陰の気は、人々の恐《おそ》れや悲しみ、妄執《もうしゅう》や後悔《こうかい》といった負の感情を吸い上げ、妖怪を生む。

先の戦《いくさ》の舞台《ぶたい》となったこの都では、数多《あまた》の命が無下に散らされた。さらに都そのものも焼き払われた上に、再建された都には戦を生き延びた人々が暮らしている。つまり大量の人死にという因縁《いんねん》のある土地で、その因縁の当事者達が生活している状態だ。

そういった場には陰の気も人々の負の感情も溜《た》まりやすい。それらを適宜《てきぎ》浄化し、妖怪の発生を未然に防ぐのも、宮廷退魔組織・泉仙省泉部《せんせんしょうせんぶ》所属の退魔師達の重要な仕事である。

何を隠《かく》そう今の黄季がその任務の真っ最中であった。

「いやでもこれは無理っ！　俺みたいなぺーぺーの二年次新人じゃ無理ぃぃぃっ!!」

今日の任務は、泉仙省の下っ端《ぱ》退魔師である黄季でも果たせる簡単な修祓《しゅうばつ》任務であったはずだ。それこそ、末位階九位《ド新人黒袍》の黄季が一人で現場を任されても問題がないような。もっと具体的に言うならば、最近ほんのり陰の気が濃《こ》くなってきた土地の浄祓《じょうばつ》作業であったはず。

──いやいやいやいや！　『浄祓呪《じゅ》唱えておけばとりあえず任務完了《かんりょう》！』みたいな案件だったじゃん、今日の俺の仕事っ!!

元々新人の中でも落ちこぼれ気味である黄季に回されてくる仕事などたかが知れている。最悪の場合、浄祓呪を唱える口さえ動けば、突《つ》っ立っているだけでも終わるような任務であったはずだ。黄季を送り出した先輩達も『万が一にも命の危機に陥《おちい》る余地などない現場だから、お前一人でも大丈夫《だいじょうぶ》』と太鼓判《たいこばん》を捺《お》してくれた。

だというのに、なぜ今自分はその現場に辿《たど》り着くよりも前にこんな事態に陥っているのか。

──何か対策を取らないと！　いつまでも追い掛《か》けっこなんてしてらんねぇし……！

それにこんなことをしていたらいつ徒人《ただびと》が巻き込まれるかも分からない。一般人《いっぱんじん》に被害《ひがい》を出すことは己《おのれ》の命と引き換《か》えにしてでも防がなければならないことだ。

──いや、俺自身だって死にたいわけじゃないんだけども！

そんなことを思う黄季の視界の先に、運がいいのか悪いのか道のどん詰《づ》まりの光景が見えてきた。

路地の突き当たりにあったのは、いかにも厳《いか》めしい石造りの門だった。見ただけで重たそうだと分かる門扉《もんぴ》はピシリと閉じられていて開きそうにない。道は真っ直《す》ぐにその門に続いていて、他《ほか》に逃げ込めそうな場所はどこにもなかった。

ここまで一本道だったことから考えると、もしかしてこの道は両側に広がっている敷地《しきち》の中に入るための玄関路《げんかんろ》だったのだろうか。別々の敷地だと思っていた両側は、実は同じ屋敷の敷地だったのか。都にこれほどの土地を持てるとは一体どんなお貴族様が住んでいるのか。くうぅ、うらやましい。

「……って！　そんなこと考えてる場合でもないっ……よなっ！」

良くも悪くも腹を括《くく》るしかない状況《じょうきょう》に陥った黄季は、懐《ふところ》に隠し持っていた数珠《じゅず》を掴《つか》み取ると右手に絡《から》めて持った。数珠玉が擦《こす》れてジャラリと鈍《にぶ》い音が響《ひび》く。だが残念なことに背後の妖怪がその音に怯《ひる》んでくれた気配はなかった。

──今、この状況で使えそうな呪具《じゅぐ》はこれだけ……！

奥歯を噛《か》み締めて駆《か》ける足に力を込める。少しだけ速度が上がった分、わずかに妖怪との間合いが開いた。

──これで！

その隙《すき》に門の屋根の下に滑《すべ》り込んだ黄季は、地面を滑りながら体を反転させ、両手に数珠を絡めながら妖怪と相対する。

——迎《むか》え撃《う》つ！

踵《かかと》と背中が門扉に当たって体が止まる。その瞬間目に飛び込んできたのは、どこまでも続く築地塀に挟《はさ》まれた路地を、醜《みにく》い化け物がこちらに向かって真っ直ぐに駆けてくる光景だった。

「っ、『汝《なんじ》……』」

一瞬《いっしゅん》たじろいだ黄季の体が無意識のうちに後ろに下がる。

その瞬間、背中にあったはずである門扉の感触《かんしょく》がフッと消えた。

代わりに、トプンッと粘性《ねんせい》のある液体に体が包まれるような感触が走る。

——え？

まるで、何か膜《まく》を突き抜《ぬ》けたかのような。そんな違和感《いわかん》は本当に一瞬だけで消えていた。

驚《おどろ》きに目を瞬《しばた》かせた黄季の視界から、目の前の光景が掻《か》き消える。吸い込んだ空気からは雑多な気配が消えていて、作りものめいた緊張感《きんちょうかん》が張り詰《つ》めていた。

だがその変化に驚いていられたのもまた、ほんの一瞬だけだった。門扉と何かをすり抜けた黄季の体は、そのまま無防備に背後へ倒《たお》れ続ける。

「へぁっ⁉」

先程《さきほど》まで確かに門扉が黄季の背中を支えてくれていたはずなのに、今の黄季の背後には支えになる物が何もない。とっさに体勢を立て直そうと足が後ろに下がるが、なぜかその先には地面さえもなかった。

「ふぉっ!?」

完全に体を支えきれなくなった黄季は、中途半端《ちゅうとはんぱ》な体勢のまま為す術もなく後ろへ倒れ込んだ。バシャッという豪快《ごうかい》な水音とともに視界と呼吸が奪《うば》われ、ようやく自分が池に落ちたのだと気付く。

「バッ!? ゲホッ……ゲホゲホッ!!」

幸いなことに、池の水深はそこまで深くなかった。必死に池底を靴裏《くつうら》で確かめて立ち上がれば、水面は黄季の腰辺りまで下がる。この水深だと逆に後ろ向きに頭から落ちたのに池底に頭をぶつけなかったことの方が幸運だったのかもしれない。

「ゴホッ……ゲホッ、コホッ……」

——……ここは?

呼吸が整ってきた黄季は、周囲に視線を巡《めぐ》らせた。

黄季が落ちたのは、広大な庭の中にしつらえられた池のようだった。どこまでも果てなく続く庭は美しく手入れがされていて、可憐《かれん》な花々が咲《さ》き誇《ほこ》っている。

妖怪の姿もなければ、黄季が背中を預けた門扉もなかった。それどころか、あんなに厳めしくそびえ立っていた門も、その左右を固めていた塀《へい》さえもが黄季の視界の中に存在していない。庭園の先はそのまま森にでも通じているのか、微《かす》かに靄《もや》がかかった景色の先は曖昧《あいまい》に緑の中に溶《と》け込んでいる。

外と内、という概念《がいねん》を生じさせる代物《しろもの》が、見渡《みわた》す限りどこにもなかった。確かに黄季は屋敷の外側の境界を示す位置にいて、妖怪《ようかい》と対峙《たいじ》していたはずなのに、今目の前には酷《ひど》く静かで、長閑《のどか》な光景だけが広がっている。

──さっきの感触からして、術か何かで飛ばされたのか？　いや、それよりも、あの感じから考えるに、多分結界か何かで……

「誰《だれ》だ」

そんな景色の中に、不意に声が響いた。

人の気配などなかった場所からいきなり飛んできた声に、黄季は池の中に立ったまま身構え、声の方を振《ふ》り返る。

そしてそのまま、大きく目を瞠《みは》った。

「私の庭に無断で立ち入った、お前は誰だ？」

人が、いた。

男だ。長く艶《つや》やかな黒髪《くろかみ》を結《ゆ》うこともなく背中に流した男。中性的な顔立ちが酷く美しく見えるのは、顔立ちが整っていること以上に表情が人形じみて見えるところに原因があるのだろう。生気に欠けた作りものめいた表情と生来の美しさが相まって、ヒトを超越《ちょうえつ》した美しい何かに思えてしまう。

庭に向かって床《ゆか》と屋根が張り出した露台《ろだい》に寝椅子《ねいす》を置き、ゆったりとそこに身を預けた男は、白い中衣と裙《くん》だけを着付け、右手に紫煙《しえん》をくゆらせる煙管《キセル》を手挟《たばさ》んでいた。姿勢も、襟《えり》がはだけた服装もだらしないはずなのに、それでも神々《こうごう》しいまでに清らかな雰囲気《ふんいき》がはるか海の向こうに住むと言われる仙女《せんにょ》や仙神を思わせる。仙人と呼ばれる存在の中でも、一際《ひときわ》尊ばれ『貴仙《きせん》』と称《しょう》される存在であるかのような。

そうでありながら、黄季を見やった瞳《ひとみ》には、光がなかった。涼《すず》やかに美しく、清らかでありながら、その瞳だけが世界の全《すべ》てに倦《う》んでいる。

──この人……

『拒絶《きょぜつ》』と表現するには気力が足りず、『死んだ魚のような』と表現するには美しすぎる。無理やり言葉に表すならば、退廃的《たいはいてき》。そんな男の漆黒《しっこく》の瞳に、黄季は思わず息を呑《の》む。

だが貴仙の方は、そんな黄季の心境を理解してくれなかったらしい。

「語る気がないならば、疾《と》く失《う》せよ」

一切《いっさい》表情を変えることなく、男はついっと黄季に向かって手を伸《の》ばした。その指先が、何か埃《ほこり》を摘《つま》み上げるかのように動き、フッとそのまま横へ振り抜かれる。

「……へ？」

その一瞬でまた、黄季の視界に映る景色は変わっていた。

耳に心地《ここち》よい雑踏《ざっとう》。太陽の光と人々の熱気で陽の気が活性化している。この土地の気が

良い巡りをしている証拠《しょうこ》だ。

それもそのはずで、黄季が立っていたのは都最大の市が立つ西院大路《さいいんおおじ》の一角だった。静《せい》寂《じゃく》に包まれた庭も、醜悪《しゅうあく》な妖怪も、……貴仙の男も、どこにもいない。

「……俺、夢でも見てた？」

だが夢と言うには妙《みょう》に呼吸が苦しくて、何より纏《まと》った黒袍《くろほう》がグッショリと濡《ぬ》れたままで重かった。当初黄季が現場に向かうべく歩いていた地点からも遠く離《はな》れている。

——これは確実に飛ばされたなぁ。

水滴《すいてき》を垂らしながら呆然《ぼうぜん》と立ち尽《つ》くしている自分にチラチラと通行人から不審《ふしん》そうな視線を向けられていることに気付いた黄季は、元いた露店《ろてん》の陰《かげ》からさらに後ろへ下がると細路地の陰に身を隠《かく》した。飛ばされた先がまだ人目につかない場所だったからこの程度で済んでいるが、もし仮に人々の目につく辻《つじ》のど真ん中などに飛ばされていたら、ちょっとした騒《さわ》ぎになっていたかもしれない。

——……まぁ、治安的にも気の巡り的にも絶対安全な場所を選んで、かつ人目につきにくいように飛ばしてくれてたんだとしたら、……まだ親切な方、だよ、な……？

考え込んでいたって仕方がない。退魔師《たいまし》なんて仕事をしている以上、不思議な体験のひとつやふたつはあるものだ。

あの妖怪がどうなったのかという点だけは気がかりだが、正直あの場で黄季が対処を続けていたとしても返り討《う》ちにされていた可能性の方が高い。ここは開き直って『あれだけの妖怪から逃《に》げおおせられて、ついでに虚実《きょじつ》入り乱れた綺麗《きれい》なモノを見られたんだから運が良かった』と割り切り、もっと腕《うで》の立つ人々に対処してもらえるようにきっちり報告を上げておくべきだろう。

そう考えた黄季は、術で簡単に衣服の水を乾《かわ》かすと、本来の任務地に向かうべく足を進め始めた。

……その時は、それでこの不思議な縁《えん》も終わると思っていたのだ。

その時は。

「……」

「えっと」

「…………」

「あの」

「…………………」

「鸙《ばん》黄季って言います！　泉仙省泉部《せんせんしょうせんぶ》所属の退魔師です‼」

「……それは昨日も聞いた」

——デスヨネッ!?

ついに五日連続で池に落ちることになった黄季は、怖《こわ》いほどに整った顔にジットリとした視線を向けられたまま顔を引き攣《つ》らせた。美人さんのジト目は常人のジト目より数倍痛い。池から出ることさえ許されないまま、問答無用で摘み出されなくなっただけまだマシなのかもしれないが。

——っていうか、五日目にしてようやく成立した初回の会話がこれって……

「あの……ほんと連日すみません。俺も、池に嵌《は》まりたくて嵌まりに来てるわけじゃないんですけども……」

黄季はおずおずと両手を胸の高さまで上げると説明を試みた。

三日目までは初日同様に問答無用で庭から放《ほう》り出されていたのだが、流れに慣れてしまった黄季は、一昨日《おととい》の時点で放り出されるまでの間に何とか名前を名乗ることに成功し、昨日は泉仙省泉部所属の退魔師であることを口にできた。それが功を奏したのか、単純に男の方が連日現れる黄季を叩《たた》き出すことに疲《つか》れたのか、今日は今のところ問答無用で追い出される気配はない。

「えっと……修祓《しゅうばつ》任務の現場に向かおうとすると、なぜか毎回妖怪に遭遇《そうぐう》してしまって、逃げていると必ずここに落ちてしまうといいますか……」

初めて遭遇した時と同じように、庭よりも数段高い場所にある露台に置かれた寝椅子に体を預けたまま黄季の言葉を聞いていた男は、無言のまま不審そうに眉《まゆ》をひそめたようだった。黄季も男と同じ立場だったら同じ表情を浮《う》かべたと思う。

──いや、でもだってさ、本当にそういう風にしか言えないし……

万年人手不足である泉仙省では、下っ端《ぱ》の黄季でも毎日現場仕事が回ってくる。任された仕事を片付けるべく都の中を歩いていると、どこへ向かっていても必ず現地に到着《とうちゃく》する前に妖怪に遭遇し、逃げ回っている間にいつの間にかあの路地に迷い込んでいて、毎回閉じているはずの門扉《もんぴ》をすり抜《ぬ》けて池に落ちるハメになる。

毎回現れる妖怪の姿は違《ちが》うのだが、嫌《いや》なことに黄季では太刀打《たちう》ちできないような大物ばかりということは共通していた。

ならば腕の立つ先輩《せんぱい》と一緒《いっしょ》に行動すればいいではないかという話になるのだが、残念なことに万年人手不足な泉仙省には下っ端退魔師に護衛を付ける人員的余裕《よゆう》なんぞどこにもない。駄目元《だめもと》で長官に相談はしてみたのだが、案の定『むしろお前がキッチリ原因を断《た》ってこい』と笑顔《えがお》で一蹴《いっしゅう》されてしまった。

──それができたらそもそも困ってないっつの！

「……心当たりはないのか」

記憶《きおく》の中の長官に半ば八つ当たりを噛《か》ましていたら、涼やかな声が降ってきた。パチクリと目を瞬《またた》かせてみても、人らしき姿は寝椅子に体を預けた男以外に見当たらない。

「こうなるようになったきっかけに覚えはないのか、と訊《たず》ねている」

男は人形じみた顔に不機嫌《ふきげん》そうな色を乗せて黄季のことを見下ろしていた。

間違いなく男から発せられている言葉に、黄季は思わず首を傾《かし》げる。

──今まで完全に邪魔《じゃま》者扱《ものあつか》いだったのに、意外なところに食い付いたというか、何というか……

一体どんな心変わりなのだろうか、と黄季は思わず問いに答えることも忘れて男のことを見つめた。そんな黄季の様子に男はわずかに目をすがめると言葉を足す。

「勘違《かんちが》いするな。私はお前にこの平穏《へいおん》を邪魔されたくないだけだ。何度摘み出しても変わらないなら、根本を断つしかないだろう」

「あ、そーゆーこと……」

「何かをもらった。どこかへ行った。いつもと違う行動をした。……何か思い当たることはないのか」

「何かって言われても……」

黄季だって退魔師の端《はし》くれだ。こんなことになっているのには何か原因があるはずだと考えなかったわけではない。

──というか、この人、考え方がすごく退魔師っぽいな……

考えを巡《めぐ》らせながら黄季は男を眺《なが》め続ける。男は不機嫌そうな表情を向けながらも黄季の言葉を律儀《りちぎ》に待ってくれているらしい。手に握《にぎ》られた煙管《キセル》から、男に吸われるはずだった紫煙《しえん》が緩《ゆる》く立ち上っていく。

──こんな場所にいるくらいだし、ヒトじゃないか、同業者かなとは思ってたけど……なんてことをひっそりと考えていたら、男の眉間《みけん》に刻まれた皺《しわ》が深くなった。どうやら黄季が向けられた問いに対して真剣《しんけん》に向き合っていないことに気付いてしまったらしい。

──これはマズい。

「こ、ここ最近はずっと現場・職場と職場・家との往復ばっかだったし、誰《だれ》かに何かをもらったとか、ヘンな行動をしたとか覚えはないです！　誰かに何かを仕込まれたとか、呪《のろ》いを負ったとかしたら、さすがに俺だって分かるはずだしっ！」

呆《あき》れられたらまた摘み出されるかもしれない。それはもう勘弁《かんべん》してほしい。

その一心から黄季は慌《あわ》てて口を開く。

「そもそも自分の呪具《じゆぐ》だってまともに持ってないのに……」

「呪具？」

そんな黄季の言葉に男が反応を示した。

「呪具と言えばお前、その腰《こし》の装飾は……」

だが言葉は途中《とちゆう》で切れた。

男がハッと顔を上げる。この瞬間《しゅんかん》、男が『不快』以外の感情を露《あら》わにしたところを黄季は初めて見た。

貴仙のごとき顔に浮かんだ感情は『驚愕《きょうがく》』。

その表情の意味に、黄季は数秒遅《おく》れて気付く。

「なっ……!?」

ゾクリと背筋を粟立《あわだ》たせる冷気。

妖気《ようき》。それも強大な。

反射的に黄季は池の外に飛び出ながら振《ふ》り返る。

その視線の先で、空が割れていた。

「っ!?」

長閑《のどか》で静かな庭が広がっていた空間が鏡を割るかのようにひび割れていた。その向こうからぬっと太い腕《うで》が入り込んできてさらにヒビを大きくしていく。

大きく割り砕《くだ》かれた景色の向こう側から姿を現したのは、初めてこの庭に落ちた時に黄季を追い回していた牛の頭に鬼《おに》の体をした妖怪《ようかい》だった。黄季を見つけた妖怪は常に半開きになっている口からボタボタと涎《よだれ》を垂らしながら歓喜《かんき》の雄叫《おたけ》びを上げる。

その光景にサァッと黄季の血の気が引いた。

――まさか、俺が連れてきちゃったのか……!?

物と人、人と人、モノとヒトの間には無数に縁《えん》が絡《から》んでいる。一度妖怪に襲《おそ》われた人が他《ほか》と比べて以降も妖怪に襲われやすくなるのは、妖怪と出会ってしまった時に向こう側と縁を結んでしまうからだ。

黄季はここ数日、毎日のように妖怪に襲われていた。そして毎回この庭に落ちてもいた。つまり黄季は妖怪ともこの庭とも縁が結ばれている。もし黄季を媒介《ばいかい》にしてこの世界との縁を無理やり摑《つか》むことができれば、外側から力尽《ちからず》くでこの空間に押し入ることだってできないわけではないのだ。

そう。強力な結界で囲まれて外界と隔絶《かくぜつ》されたことにより、もはや『異界』と呼んでも良い状態になっていた、この屋敷《やしき》の中にだって。

「っ……えっと、あー……とにかく、そこの貴方《あなた》！」

体中が震《ふる》えている。あんなのに勝てっこない。勝てっこないと分かっていたから、黄季はずっと逃《に》げ続けていた。

でも、もう引けない。

だってここには彼がいる。

──名前、訊《き》いときゃ良かったな。

「危ないから、屋敷の中まで下がっていてください。俺じゃ祓《はら》うことはできないかもしれないけど、このお屋敷だけは守りますっ！」

今更《いまさら》になって、呼び掛《か》ける名前さえ知らないことに気付いた。多分相手も黄季の名前と、泉仙省泉部所属の退魔師ということしか知らないのだろうけれど。

……そう、お互《たが》いに、まだそれだけのことしか知らない。

だけど。

「……戦うのか？　お前が？」

男を背に庇《かば》って妖怪の視線から隠《かく》すように立った黄季に、男が呆気《あっけ》にとられたような声を上げる。

「お前も、退魔師の端くれなら分かっているのだろう？　私は……」

「分かってます」

その声にどんな感情が乗っていて、彼が今どんな表情をしているのか、彼に背中を向けている黄季には分からない。

「こんな強力な幻術《げんじゅつ》結界を巡らせた屋敷で、その結界を維持《いじ》しながらたった独りで暮らしている貴方は、きっとただのヒトじゃない。きっと貴方は、戦おうと思えば俺よりもずっと強い」

分からないからこそ、こんな口を叩《たた》くことができたのかもしれない。

「生き延びることを第一に考えるならば、多分貴方を説得して戦ってもらうのが一番手堅《てがた》い道だって、分かっているんです。泉仙省の退魔師たるもの、民《たみ》を守り、己《おのれ》が生き延びるために、一番手堅い方法を取るべきだってことも、同じくらい、分かってはいるんです。……でも、俺の判断が甘ちゃんだって分かってても、それでも」

話している間にも、黄季の視界に映る景色はゆっくりと崩《くず》れていた。

どこまでも広がっていた優美な庭は、崩れかけた築地塀《ついじべい》に囲まれた枯《か》れた侘《わび》しい庭に。

睡蓮《すいれん》が咲《さ》く中を鯉《こい》が泳いでいた池は、淀《よど》んで緑に濁《にご》った溜《た》め池に。

結界が解けて現実に還《かえ》った世界にあったのは、荒《あ》れ果てた小さなあばら屋だった。貴仙《きせん》の男が暮らしていたのは桃源郷《とうげんきょう》のような大邸宅《だいていたく》ではなく、強力な幻術と空間断絶の効果を持った結界で囲われた小さな世界の中だったのだ。

黄季だって退魔師の端くれだ。最初に池に落ちた時から、この世界のカラクリは理解していた。

同時に、思ったのだ。こんなに悲しい世界に独りでいる彼には、きっとそうしていなければならない深い事情があるのだろうと。

「それでも貴方だって、俺が守るべき存在だと思うから」

泉仙省《せんせんしょう》の退魔師は、己の霊力《れいりょく》と術を以《もっ》て民を闇《やみ》から守る者。

たとえ仮に彼が黄季よりも強大な力を持っている存在だったとしても、自らの意志で戦う道を選ばなかったのであれば、守るべき民であることに変わりはない。

きっと先輩《せんぱい》や上官に聞かれたら、判断が甘いと叱責《しっせき》を喰《く》らうことになるだろう。使える武器を使わず、切れる札を切らないというのは、大乱を経験した世間の道理には合わないということも分かっている。

それでも、黄季はその判断を翻《ひるがえ》すつもりはなかった。

「俺、戦いたくない人は戦わなくてもいい世界を、創《つく》りたいんです」

黄季は一瞬だけ男の方を振り返って、笑ってみせた。もしかしたらその笑顔《えがお》は引き攣《つ》っていて、綺麗《きれい》に笑えてはいなかったかもしれない。

それでも、彼に笑顔を向けたかった。安心してほしいというよりも、『貴方はそれでいいんです』という肯定《こうてい》を伝えたかったから。

「理想論だってことも、世の中そんなに甘くないってことも、分かっています。でも俺、先の大乱を経験して、心底本気でそう思ったんです。だから俺、ヘッポコでも頑張《がんば》ってます。……それに、今回のあいつ、何か俺がここに呼び込んじゃったみたいだし」

そんな黄季を見た男はゆっくりと目を丸くした。死人のような雰囲気《ふんいき》も人形のような硬《かた》さも消えた男の顔は、今まで見てきた中で一番幼く見える。

──あ、俺、今の顔が一番好きかも。

「勝手な印象ですけど、貴方はもう何もかもと戦いたくないから、ここにいるんですよね？　戦わなくてもいいこの世界から連れ出されたくなかったから、俺と関《かか》わりたくなかったんですよね？」

この男は、今までに一度だって黄季に危害を加えようとしてこなかった。恐《おそ》らく彼は黄季を叩きのめそうと思えば即座《そくざ》に実行できるだけの技量を持っていて、黄季は彼の支配領域の中にいきなり現れた不審者《ふしんしゃ》だったにもかかわらず、だ。

ただ単純に相手にするのが面倒《めんどう》だっただけなのかもしれないが、それでも普通《ふつう》だったら連日しつこく現れる不審者は『叩き出す』ではなく『叩き潰《つぶ》す』という対処をしていてもおかしくなかったはずだ。それでも彼がその道を選ばなかったのは、『交戦する』という選択肢《せんたくし》が彼の中に最初からなかったからではないだろうか。

──それに、あの目。

『拒絶《きょぜつ》』と表現するには気力が足りず、『死んだ魚のような』と表現するには美しすぎる、あの光を失った瞳《ひとみ》。

──あれは、死ぬ気力さえなくなった人の目だ。

大乱の折に、黄季はあんな目をした人をたくさん見てきた。自分の周囲はおろか、自分自身にさえ関心が抱《いだ》けなくなった人間が、ああいう目をしていた。

かつての自分もそんな目を晒《さら》していた時期があったと、黄季は自覚している。何もかもとの関わりを断ち、ただ虚無《きょむ》にたゆたっていたいと願うその心情が、黄季には痛いほどに分かる。

──だからこそ。

「俺には、貴方がそう望んでいるように思えたから」

体が震える。正直言って怖《こわ》い。勝てる目算なんてない。もしかしたら殺されてしまうかもしれない。

だけど、引けない。

「だから、お節介《せっかい》かもしれないけれど。……貴方が戦わなくてもいいように、俺が戦います」

聞く人によっては、『自己犠牲《ぎせい》』や『理想論』と鼻で笑われる黄季の決意。

だけど誰《だれ》に何を言われたって、黄季が退魔師《たいまし》として戦う道を選んだ理由が、ここにあるから。

「だから貴方は下がっててっ!!」

黄季が叫《さけ》ぶのと同時に妖怪《ようかい》の咆哮《ほうこう》が響《ひび》く。ビリビリと震える空気に負けることなく黄季は両手を打ち鳴らした。最初は妖怪の咆哮に掻《か》き消されていた開手の音は数を重ねると次第《しだい》に強く響き渡《わた》るようになる。瘴気《しょうき》が祓われている証拠《しょうこ》だ。

「『この息吹《いぶき》は天の息吹　常世《とこよ》の闇祓《はら》う日の息吹』っ!!」

次いで呪歌《じゅか》を紡《つむ》ぎながら懐《ふところ》に入れていた石を取り出し、次々と池の向こうに向かって擲《なげう》つ。全《すべ》て印を刻み、一度黄季の力を通した呪石だ。力を通されたことで黄季の霊力の欠片《かけら》を宿した呪石は、それぞれを繋《つな》ぐように光を発しながら黄季が狙《ねら》った地面にめり込んでいく。

「『息吹渡《わた》る大地に穢《けが》れなし　この地を穢れは渡ることなかれ　浄壁《じょうへき》』っ!!」

呪石と池の縁《ふち》を使って編まれた結界は即座に光の壁《かべ》を築き上げた。地を蹴《け》った妖怪がこちらに向かって突進《とっしん》してくるが、結界に角が当たった瞬間《しゅんかん》壁に阻《はば》まれたかのようにその足が止まる。

「……っ!!」

——でも、これでできるのは足止めだけ……っ！

結界を壊《こわ》そうと暴れる妖怪の様子を観察していた黄季はその勢いに奥歯を噛《か》み締《し》めた。流れ落ちる冷や汗《あせ》が止まらない。妖怪はただ闇雲に突進を繰《く》り返しているだけなのに、それだけで結界面が揺《ゆ》らいでいるのが分かる。やはり黄季の技量には余る存在なのだ。

結界を壊される前に何か攻撃《こうげき》の手を用意しなければならない。それは分かっているのだが、あの勢いに勝てる呪《しゅ》を自分が編めるのかという迷いが黄季の喉《のど》を詰《つ》まらせる。

——でも、やるっきゃない……っ!!

覚悟《かくご》を決めて、懐にしまっていた数珠《じゅず》を両手に絡《から》ませる。同時に、後ろ腰《ごし》に隠《かく》すように帯びた『最終兵器』の存在を意識した。

——やれるか分からないけど、こんなことになってんだから日和《ひよ》ったことは……！

奥歯を噛み締め、足元から這《は》い上がるように絡みつく恐怖心《きょうふしん》を打ち払《はら》う。

その瞬間、黄季の視線の先で、一瞬、妖怪の動きが止まった。

遅《おく》れて黄季の頰《ほお》のすぐ横を通り過ぎた風が髪《かみ》を揺らす。

「……え？」

黄季の呆《ほう》けた声は妖怪の絶叫《ぜっきょう》に掻き消された。よく見れば妖怪の眉間《みけん》には小さな刃物《はもの》のような物が深々と突《つ》き立てられている。

先程《さきほど》までは確実になかったものだ。妖怪の巨体《きょたい》に比べたらあまりに小さすぎる武器なのに、妖怪はまるで致命傷《ちめいしょう》を負ったかのように悶《もだ》え苦しんでいる。

「こうなったのは、別にお前のせいではない」

突然《とつぜん》の援護《えんご》に驚《おどろ》く黄季の背後で、コツリ、コツリと静かな足音が響いた。涼《すず》やかな声が、今までよりもずっと近い場所から聞こえてくる。

「確かに、お前が結界をすり抜《ぬ》けられたのは、お前が知らずに持たされていた呪具《じゅぐ》が原因だろうが」

「え？」

「お前の帯飾り、細工がされている」

振《ふ》り返ると、すぐ後ろに男が立っていた。立ち姿を初めて見たが、黄季よりも頭ひとつ分近く背が高い。スラリとしていて、思っていたよりも線は細くなかった。現場に立つ退魔師のような実戦的な筋肉がついていることが気品のある立ち居振《ふ》る舞《ま》いだけで分かる。

「え？　細工？」

スルリと伸ばされた男の手が黄季の腰《こし》に巻かれた飾《かざ》りに触《ふ》れる。

黒袍《くろほう》の帯の上に締められた赤瑪瑙《あかめのう》の帯飾りは、泉仙省泉部《せんぶ》所属を示す身分証だ。泉仙省泉部に配属された時に泉部長官から下賜《かし》される物で、新人ならば誰でも同じ物を下げている。特に変わった物でもなければ、最近手にしたものでもない。

「……なるほど」

黄季の頭上には疑問符《ぎもんふ》がいくつも飛んだが、男には帯飾りに触れた数秒で何もかもが理解できたらしい。呟《つぶや》いて手を引いた男は薄《うっす》らと眉間に皺《しわ》を寄せている。

「……まぁ、いい。結界に穴を開けたのはお前だが、あの妖怪は恐《おそ》らくそもそもこの屋敷《やしき》を目標にしていたモノだ。いくらでも湧《わ》いてくる割にこの場所に辿《たど》り着くこともできず、都の中を彷徨《さまよ》い続けている内に、陰《いん》の気を吸って雪だるま式にここまで育ってしまったといったところだな」

──え？　何か今『全部分かった』みたいな雰囲気《ふんいき》醸《かも》したくせに、俺の佩玉云々《うんぬん》に関しては説明しないつもり？

男が疑問を生むだけ生んで解説する気がないことを察した黄季は、思わず何とも言えない目で男を見上げた。だが胸中には少しだけ、男の言葉に安堵《あんど》している自分もいる。

──でも、俺のせいじゃないって、その部分は説明してくれた。

だがそんな微《かす》かな安堵は、隣《となり》に並んだ男が口にした予想外の言葉に吹《ふ》き飛ばされた。

「お前の心意気に免《めん》じて、援護してやる」

「えっ⁉ でも」

「お前は大口を叩《たた》いた割に実力が足りん。……ただ、その大口の内容は気に入った」

――気に入った、って……

黄季が目を瞠《みは》った先で、男はひたと妖怪に視線を据《す》えていた。ただそれだけでゾクリと背筋を震《ふる》わせるような冷涼《れいりょう》な空気が場に張り詰める。

「……戦わなくていい、と」

ふと、男が呟いた。吐息《といき》に混ぜるように紡がれた声は、あるいは音に乗せている自覚さえなくこぼれた独白だったのかもしれない。

「そう言われるだけで、ここまで心が救われるとは」

――……この人、
そこに込められた色が分からない感情に、黄季は思わず男の横顔を見つめる。

だが黄季が何かを口にするよりも男がスッと目をすがめる方が早かった。男の左腕《ひだりうで》が鋭《するど》く振り抜かれ、放たれた刃《やいば》が次々と妖怪に突き刺《さ》さっていく。

「私は故《ゆえ》あって直接術を振るえない」

男が打ち出しているのは柳葉飛刀《りゅうようひとう》と呼ばれる小刀だった。柄《え》の先端《せんたん》に呪符を結んで呪具にする退魔師もいると聞いたことはあったが、打つのが難しくて使いこなせる人間はあまり多くないという話だ。黄季も実戦で使っている人は初めて見る。

――それをあんな正確に、暴れる妖怪に打ち込めるなんて……！

「どんな攻撃でも、必ずお前の術がヤツに通るように道を作ってやる。だからお前が仕留めろ」

驚く黄季の視線の先で最初に額に入った刃は、次いで四肢《しし》に打ち込まれ、最後には胸、鳩尾《みぞおち》、下腹に正確に打ち込まれた。まるで曲芸を見ているかのような鮮《あざ》やかさだ。

「お前は、お前が知っている攻撃呪の中で一番強いものを打て。必ず成るように、必ずあれに通るように、支えてやる」

――って、呆けてばっかじゃいられない！

黄季は足を肩幅《かたはば》に広げて構え直すとパンッと両手を打ち鳴らした。一度広がった音が自分のところにもう一度集《つど》うのを確かめながら、腹の底から声を張る。

「『これは天の声　天の怒《いか》り　天の裁き』」

黄季が紡ぎだしたのは雷撃呪《らいげきじゅ》の中でも屈指《くっし》の攻撃力を持つ呪歌だった。黄季の技量と霊力《れいりょく》では到底《とうてい》成せない代物《しろもの》だ。

退魔師が己《おのれ》の技量を上回る呪歌を紡いでも、世界の理《ことわり》は応《こた》えてくれない。むしろ応えてもらえない方が幸いだ。下手に術者の実力が足りていないのに世界が術師に応えてしまうと、最悪の場合足りない霊力を補うために己の命や魂《たましい》を削《けず》られることになるのだから。

だけど、今は。

「『天土貫《あめつちつらぬ》く天剣《てんけん》の刃を我《われ》に下賜し給《たま》え』」

黄季の言葉を笑うことなく受け止めてくれたこの人の、その心に、心意気に、応えたい。

『轟来天吼《ごうらいてんこう》　雷帝召喚《らいていしょうかん》』っ!!」

黄季の絶叫とともに男の指先が舞う。ブワリと空間に満ちた霊力が黄季の呪歌《じゅか》に乗って天に昇《のぼ》る。天と妖怪と地を真っ直《す》ぐに貫く気脈が巡《めぐ》る。

それが分かった瞬間、黄季の五感は目の前で炸裂《さくれつ》した白い閃光《せんこう》と轟音《ごうおん》に叩かれて焼き尽《つ》くされていた。

……その瞬間から、一体どれだけが経《た》った後だったか。

「……ここで『轟来天吼』を選ぶ辺り、お前の度胸の良さを感じるな」

黄季の五感を呼び覚ましたのは、変わらず涼やかな男の声だった。

ハッと我に返って目を瞬《また》かせれば、妖怪《ようかい》の姿はすでになく、池の向こうには焦《こ》げた大地が広がっていた。ただでさえ崩《くず》れかけだった築地塀《ついじべい》がさらに崩れていて、もはや塀《へい》の役割を果たしていない。

「……倒《たお》せた？」

――俺が？　あんな大物の妖怪を？

信じられない気持ちで男を見上げると、変わらず黄季の隣に立っていた男は無表情に若干呆《じゃっかんあき》れを乗せた顔で黄季に視線をくれた。

「あれで倒れない妖怪だったら、最初からもっと問題になっていると思うが？」

つまり、討伐完了《とうばつかんりょう》、ということだろう。

黄季は相変わらず信じられない気持ちで己の両手を見つめた。普段《ふだん》の己では決して扱《あつか》いきれない量の霊力が通った両手は、今まで感じたことがない心地《ここち》よい熱に包まれている。

「すっげ……」

「お前、度胸はいいが、霊力の巡らせ方に難がある」

涼やかな声と緩《ゆる》やかな足音に振り返れば、男が寝椅子《ねいす》に帰っていくところだった。黄季が最初に張った結界が功を奏したのか、あれだけの雷撃が落ちたのに屋敷に被害《ひがい》はなかったらしい。あばら屋に似つかわしくない優美な寝椅子に体を預けた男は、再び煙管《キセル》を手に取る。

「そこを改善すれば、伸びしろはまだあるだろうな」

──あれ、これって……

どう聞いても助言にしか聞こえない言葉に黄季は目を瞬かせる。そんな黄季に気付いていながら、男は黄季を摘《つま》み出そうとしない。

「っ……あのっ！」

そんな男に向かって、黄季は期待とともに口を開いた。

「こ、こんなに迷惑《めいわく》かけた上で、こんなこと言うのもあれなんですけど……っ！」

男の氷のように涼《すず》やかで、優美で、凛《りん》とした瞳《ひとみ》が黄季を流し見る。その瞳はまだ退廃的《たいはいてき》で、感情の色は薄《うす》いが、黄季を拒絶《きょぜつ》する空気はなかった。

「俺、またここに来てもいいですかっ!? 今度は自分の意志で……っ！ あ、その、それでっ！ ご、ご迷惑でなければでいいんですけど……っ!!」

──退魔師《たいまし》として助言とかしてくれないでしょうか……っ!?

「……またこの屋敷に、お前が来られたら、な」

最後まで言葉を続けることはできなかった。

途中《とちゅう》で言葉を差し込まれたから、というのもあったけれども。

「まぁ、お前とは、この先、嫌《いや》でも縁《えん》が続いていきそうな気はするが」

ソヨリ、と。

氷で作られた大輪の牡丹《ぼたん》のような佳人《かじん》が、その麗《うるわ》しい唇《くちびる》の端《はし》を微かに持ち上げたような気がしたから。

「……っ、名前っ!! 名前教えてくださいっ!!」

男が軽く煙管の先を振《ふ》る。本日の強制退場の合図を見た黄季は慌《あわ》てて口を開いた。急に立ち込めた靄《もや》の向こうで、男が虚《きょ》を衝《つ》かれたかのように口元を躊躇《ためら》わせたのがかろうじて

視界に映る。

「……氷柳《ひりゅう》」

あ、弾《はじ》き出される方が早いかも、と諦《あきら》めかけた瞬間《しゅんかん》、ポツリと声が聞こえた。

「昔、私をそう呼ぶ人もいた」

声が、消える。

その時には黄季はいつも通り繁華《はんか》な通りに放《ほう》り出されていた。今日は王城にほど近い大通りの角だ。『討伐完了の報告に行ってこい』という彼なりの気遣《きづか》いなのかもしれない。

――『そう呼ぶ人もいた』ってことは……本名じゃなくて、愛称《あいしょう》とか、二つ名とか、そんな感じなのかな？

それでも『彼』を呼ぶ名前を知った。

モノを縛《しば》り、定義する、一番基本の呪《しゅ》。退魔師は『名前』が持つ力をよく知っているからこそ、気に入らない相手にはたとえ簡単な呼び名であっても名乗ることはない。

「氷柳さん……氷柳さん、かぁ……」

『戦いたくない人は戦わなくてもいい世界を創《つく》りたい』という黄季の大言壮語《たいげんそうご》を、彼は笑わなかった。それどころか、手を貸し、また彼の許《もと》を訪《おとず》れることを許してくれた。

そんな彼が、名を呼びたいという求めを拒絶しなかった。

そのことが、この上なく嬉《うれ》しい。

「今度も会ってもらえるように、ちゃんと修行《しゅぎょう》しなきゃな！」

声に出して呟《つぶや》いて、ひとつ大きく伸《の》びをする。

それから気合いを入れるために両頬《りょうほお》を軽く叩《たた》いて、黄季は報告に向かうべく王城の方へ駆《か》けだした。


ふと、空気が震《ふる》えるのを感じた男は、筆の動きを止めた。

筆を筆置きに戻《もど》して空気の鳴動に気を研《と》ぎ澄《す》ます。男の意識に引っかかった鳴動は小さく、すぐに消えていったが、一度欠片《かけら》を掴《つか》んでしまえばその行方《ゆくえ》を追うこともたやすい。

「……そうか、鸛黄季が見つけてくれたか」

伏《ふ》せていた瞳を上げた男は、小さく溜《た》め息をついた。その唇の端には苦みを含《ふく》んだ笑《え》みが微《かす》かに浮《う》かんでいる。

「あの日から八年、俺が泉部を預かるようになってから五年、か。……ったく、随分《ずいぶん》骨を折らせてくれたもんだぜ」

誰《だれ》もいない部屋に、男の独白だけが響《ひび》く。

その余韻《よいん》にしばらく耳を澄ました男は、静かに部屋の隅《すみ》に視線を流した。

窓際《まどぎわ》に置かれた卓《たく》の上には、碁盤《ごばん》が載《の》せられている。対局の途中のまま放置された碁盤の上には、白と黒の石が散らばっていた。

「……見つけたからには、逃《に》がさない」

呟いた唇が、両端《りょうたん》を吊《つ》り上げる。

「嫌でも舞台《ぶたい》に上がってもらうぜ」

満足の笑みを浮かべた泉部《せんぶ》の長は、あふれんばかりの感情を込めて、求め人の名前を言の葉に乗せた。

「なぁ、涼麗《りょうれい》……？」

弐

「お前、最近ちょっと変わったよな」

唐突《とうとつ》に飛んできた声に、黄季《おうき》は『ん？』と顔を上げた。視線の先にいた明顕《めいけん》は好奇心《こうきしん》が隠《かく》しきれていない顔で黄季のことを見ている。その隣《となり》に並んだ民銘《みんめい》も、上手に隠しているが視線に似たような色が乗っていた。

本日の修祓《しゅうばつ》任務の現場は、都の外れにある空き地だった。昔はこの辺りも家がひしめいていたらしいが、八年前に焼き払《はら》われてからは人々が寄り付かず、結果更地《さらち》のままになっている。そういう土地が都の中には結構あって、ここもそんな風に放置された土地のひとつであるらしい。

「悪い意味じゃねぇし、性格的な話でもねぇんだけど。んー、なんっつーか、……技《わざ》のキレが上がった？」

「女か？　女でもできたのか？」

「いや、そこで何で『女』って発想になるわけ？」

そういう空き地には、色々なモノが溜まりやすい。そしてヒトが寄り付かなくて良くも悪くも動きがない場所は、その溜まったモノが澱《よど》みやすい。

というわけで、空き地は適度に修祓を掛《か》けないと自動妖怪《ようかい》発生装置となりかねない。今日の現場は最近放置され気味で少々厄介《やっかい》な場所に化けていた。

──まぁ、そのおかげで久々に同班三人一緒《いっしょ》の現場で先輩《せんぱい》達も同行してくれたわけだし、良いとも悪いとも言えないんだけども。

任務が片付いたのをいいことに、気心知れた同班の同期達とお喋《しゃべ》りに花を咲《さ》かせながら、黄季は久し振《ぶ》りにじんわりとした心地《ここち》よさを噛《か》み締めていた。

現場に出るにしても、仲の良い同期や先輩が一緒だと普段《ふだん》と心持ちが全然違《ちが》う。気が抜《ぬ》けるというわけではないが、自分よりも実力がある同期や先輩達と一緒という安心感はやはりありがたい。無事に任務が終わってこうして撤退《てったい》作業をしている時は、そんな安堵《あんど》が一際《ひときわ》心に染《し》みる。

「女ができて術が冴《さ》えたのは、壬奠《じんでん》先輩の話だろ～？」

そんな緩《ゆる》み切った心境のまま、黄季は何気なく口を開く。

その瞬間、話を振ってきた明顕達の方が噴《ふ》き出した。

「ブッ⁉」

「えっ⁉　そうなのかっ⁉」

「え、知ってて振ったんじゃねぇの？」

「知らねぇよっ‼　あんなカタブツのクソ真面目《まじめ》な先輩に女がいたとかっ‼」

「てかどうやって知ったんだよそんな話っ‼」

「ん？　壬奐先輩に直接話振ったら教えてくれたけど」

「うっわ、出たよ切り込み隊長！」

「毎度よくそんなズバッと切り込めるよな、お前。人間関係の距離感《きょりかん》おかしいだろ……」

「そうか？」

あまりの言われように黄季は首を傾《かし》げる。そんな黄季に詰《つ》め寄る同期達は驚《おどろ》きと呆《あき》れと何かよく分からない感情を織り交ぜた顔をしていた。

「前に藍《らん》上官に『香《こう》の種類変えたんですかー？』とか無邪気《むじゃき》に言っちまったの、お前だったろ？」

「お。確かに言った」

「あの発言から藍上官の妓楼《ぎろう》通いと浮気《うわき》が明るみに出て大変だったよな」

「あー……」

「他《ほか》にも藴《うん》老師に『今日冠《かんむり》の位置ずれてません？』とか言っちまったせいで、藴老師がヅラだったってことが周知されちまったり」

「おー……」

「明《みん》先輩に『そんなに大量の呪具《じゅぐ》抱《かか》えてどうしたんですかっ⁉　そんなヤバい現場が今あ

るんですかっ⁉』とか驚愕《きょうがく》の叫《さけ》びを浴びせかけたり」

「明先輩の件は呪具窃盗未遂《せっとうみすい》だったわけだから、黄季の行動は逆に吉《きち》になったわけだけど」

「う――……」

言われてみれば、どれもこれも身に覚えがあることばかりだった。

――距離感、おかしいのか？

同期達の指摘《してき》に黄季は思わず視線を逸《そ》らして頬を掻《か》く。まだ同期達はやいのやいのと言っているが、これ以上聞いているとかつての自分の浅慮《せんりょ》に心を傷付けられそうな気がしたから、そっと聞き流すことにした。

――その無意識の距離感無視を、いっそあの人にやれたらいいのになぁ……

黄季は小さく溜め息をついた。

脳裏《のうり》に浮かんだのは、知り合ってひと月経《た》ったにもかかわらずほとんど素性《すじょう》の知れない佳人《かじん》……氷柳《ひりゅう》と名乗る青年のことである。

――ここ最近はほぼ連日通ってるっていうのに、呼び名と、住み処《か》と、多分凄腕《すごうで》の退魔《たいま》師《し》なんだろうなってことしか分からないんだもんなぁ……

すごく踏《ふ》み込んで仲良くなりたいとか、そういう感情があるわけではない。だけど、相手のことはもっと知りたい。

でもそれ以上に、不用意に氷柳の心の内に踏み込みすぎて拒絶《きょぜつ》されたり、逆に氷柳を傷付けてしまったりしたらと思うと、怖《こわ》い。

――初めてだ。誰かと関《かか》わる時に、こんなこと思ったの。

「でさ、黄季はどうよ？」

「へぁ？」

……なんてことを思っていたから、うっかり目の前にいる明顕達の存在を忘れていた。

「『へぁ？』って何だよ、『へぁ？』って」

「翼編《よくへん》試験、黄季はどーすんのって話」

「あー。もうそんな時期なのか……」

どうやら黄季が考え事に没頭《ぼっとう》していた間に話題は移り変わっていたらしい。

明顕のツッコミと民銘の柔《やわ》らかな言葉に何とか思考回路を今に引き戻《もど》した黄季だったが、顔に浮《う》かんだ苦笑いは晴れなかった。

翼編試験。

それは泉仙省《せんせんしょう》泉部所属の新米退魔師にとって、今後の仕事人生を決定付ける重要な試験だ。

「やっぱ退魔師たるもの、やるなら前翼《ぜんよく》だろ」

「そうかー？　俺、後翼《こうよく》の方が興味あるけどなー」

「はぁ!?　後翼なんて結界展開による防御《ぼうぎょ》と援護《えんご》が主な裏方じゃね!?」

「まぁ、前翼の方が花形ってのは確かだけどさー」

宮廷《きゅうてい》退魔組織である泉仙省には、妖怪討伐《とうばつ》という実働を担《にな》う泉部と、宮廷の祭祀《さいし》や儀式《ぎしき》の進行を担う祭部《さいぶ》という二つの部署が存在している。それぞれに長官が一人ずつ置かれていて、その下に置かれているのが一人の次官と四人の次官補だ。ちなみに『上官』と呼ばれるのは次官と次官補をまとめた五人のことで、長官及《およ》び上官の座を後進に譲《ゆず》った後も泉部に籍《せき》を置き、若手達の相談役となった者は『老師』と呼び習わされる。

宮廷祭祀を取り仕切る祭部は貴族達の目に留まりやすい華々《はなばな》しい部署とも言えるが、退魔師を志す者からしてみればやはり憧《あこが》れは実際に現場で退魔術を振《ふ》るう泉部の方が強い。

そんな泉部の退魔師達は、二人一組の対《つい》となって妖怪と戦う。

前衛に立って妖怪と戦う前翼、前翼が安全に戦えるように後方から結界や遠距離《えんきより》攻撃《こうげき》で支援をする後翼の基本一対一の相方関係で、誰《だれ》がどちらを担うか、また誰と誰が組むかは、得意な退魔術や本人の気性《きしょう》、人との相性を鑑《かんが》みて泉部長官が決める。この決定試験のことを『翼編試験』と呼び、入省した新人退魔師達はまずこの試験でふるいにかけられることになる。

というのも、一人前の退魔師として現場の前線に立つためには、まずは前翼・後翼、どちらかの位階を得なければならないからだ。退魔師が捕物《とりもの》現場で己《おのれ》の命を守るための最低限の保証が『危機に陥《おちい》っても絶対に自分を優先して守ってくれる相方を得る』ということらしい。そして前翼・後翼の位階を得る試験である翼編試験を受験するためには、一年以上の勤続年数と泉部長官の認可《にんか》がいる。

つまりそもそも二年次に上がるまで泉仙省泉部にて雑用に耐《た》え、さらに泉部長官がある程度実力を認めてくれなければ、試験も受けられずに門前払《もんぜんばら》いということだ。稀《まれ》にずば抜けて優秀《ゆうしゅう》な人間が入省した場合、一年次から受験を認められることもあるらしいが、その場合は長官認可に加えて上官の中から三人以上の推薦《すいせん》をもらわなければならないらしい。

とにかく翼編試験合格を経て八位以上の位階を取得し、無位階を示す九位から脱出《だっしゅつ》しなければ先はないということだ。九位を示す黒袍《くろほう》から八位を示す紺《こん》袍にいかに早く着替《きが》えることができるか、というところにまずは出世街道の第一歩がかかっているらしい。その先、七位から前翼は青系統の袍を、後翼は赤系統の袍を纏《まと》うことになるのだが、そこまでどれだけ早く到達《とうたつ》できるかは己の実力と相方との相性、そして時の運によるという。

——七位からは位階に上中下が出てくるから、そうポンポンと袍の色が変わることはないって話だったっけ？

ちなみに聞くところによると、前翼は縹色《はなだいろ》、後翼は緋色《ひいろ》を纏う五位が上官相当の位階で、前翼は浅青色、後翼は淡紅色《たんこうしょく》を纏う四位まで位階が上がると長官の座も夢ではないという。三位以上の退魔師は前翼も後翼も揃《そろ》って白が基調の装束《しょうぞく》になるという話だが、三位から上の位階は有名呪官一族の当主など『呪術師《じゅじゅつし》としての貴族的地位』を示すために用意された位階という側面が強く、四位以下とは少し意味合いが違ってくるらしい。つまり泉部《せんぶ》においては実質四位を示す浅青色と淡紅色が最高位階ということだ。

――まぁ、そんな事情に思いを馳《は》せるよりも前に、俺は今目の前にある現実を見なきゃいけないわけなんですが。

やいのやいのと言い合う同期達の言葉を適当に聞き流し、視線の先で揺《ゆ》れる先輩《せんぱい》諸氏の袍の色を無意識の内に追っていた黄季は、同期達に気付かれないようにひっそりと溜《た》め息をついた。

――何せ俺、二人みたいに『どっちがいい』とか言うよりも前に、そもそも翼編試験を受けさせてもらえるかどうかって部分を心配しなきゃいけないんだもんなぁ……

黄季は間違《まちが》いなく二年次組の中で一番の落ちこぼれだ。同班同期の二人は十数人いる同期生達の中でも実力的に頭一つ以上抜《ぬ》けているから確実に試験に呼んでもらえるだろうが、黄季はそんな楽観的なことを言える立場にはいない。

一人前と認められない退魔師は、捕物現場で先輩諸氏が展開する結界の維持《いじ》補助をチマチマ手伝いつつ実地を勉強させてもらうか、今の黄季達新人組のように簡単な修祓《しゅうばつ》のみで済む現場をひたすらこなし続けることになる。もしくは省内で雑用を積まれるかといったところだ。

要するに窓際《まどぎわ》業務。この窓際族状態が数年続いて後輩《こうはい》達の方が現場に立つようになると、儀式的側面が強くて退魔の実力はあまり必要とされない祭部に回されるか、最悪の場合はさりげなくクビ勧告《かんこく》が来るらしい。

つまり、翼編試験を受けることができるかどうかは、今後泉部の退魔師としてやっていけるかどうかを問われる第一関門ということだ。そして前翼となるか後翼となるかで道が決まり、さらに相方によって職場環境《かんきょう》と仕事人生の明暗が分かれる。

さらに恐《おそ》ろしいことに、この相方関係はよほどのことがない限り解消や入れ替《か》えは行われない。相方を得ることを焦《あせ》るあまり『相方は誰でもいい。組めれば文句はない』と泣きながら長官に縋《すが》りついた結果、人間的に苦手な相手と組まされて地獄《じごく》を見た、という噂《うわさ》も聞かないわけではない。

「前翼と後翼で志望が分かれてんなら、お前ら二人で組めるなー。良かったなー、お前ら息ピッタリだもんなぁー」

考えを巡《めぐ》らせる黄季を間に挟《はさ》んでいつまでもやいのやいのと言い合う同期二人に、いい加減うるさくなってきた黄季は思わず投げやりな言葉をかけた。

「今年受験させてもらえるかどうかからして怪《あや》しい俺が言うのもなんだけどさ、お前ら組んだらほんといい一対になると思うんだよな。基本長官の決定で決まるもんだけど、一応『できれば誰々《だれだれ》と組みたいです』とか言えないわけじゃないんだろ？　本人達の希望で組んだ人間もいるって話だし」

最初投げやりだった黄季の言葉は、徐々《じょじょ》に真剣《しんけん》みを帯びていく。良い一対になるだろうという言葉も、二人が組んだらなんだか嬉《うれ》しいなというのも、間違いなく黄季の本心だった。

だというのに黄季がそう言い放った瞬間《しゅんかん》、二人は眉《まゆ》を跳《は》ね上げて黄季に喰《く》って掛《か》かる。

「はぁっ⁉ 適当なこと言ってんじゃねぇぞ黄季っ！ これは今後一生を左右する大事なんだぞっ⁉ あとお前も今年一緒《いっしょ》に受験すんだかんな！ 諦《あきら》めんなよな！」

「そーそ。相方関係は一生モンなんだから。職を辞して宮廷から退く時か、死ぬまで続くもんなんだから。あとお前、諦めんの早すぎなのよ。もっとギリギリまで粘《ねば》ろうぜ？」

「『救国の比翼《ひよく》』なんて言われてる氷煉比翼《ひれんひよく》なんて、国と一緒に揃って死んだっつー話なんだぜっ⁉ 一緒に死にに行く相手はやっぱ重要だろっ⁉ お前だけ仲間外れなんて、張り合いねぇじゃん」

「おぉっと。そこまで言うのはさすがに言いすぎじゃね？ そーそ。だから頑張《がんば》ろうぜ」

明顕も民銘も、二つの話題に対して実に器用に言葉を返してきた。どうやら二人が眉を跳ね上げたのは、『二人で組んだら？』という黄季の適当発言に対してだけではなく、黄季がすでに翼編試験受験を諦めていることも含《ふく》めての反応だったらしい。

そんな二人の心遣《こころづか》いが、黄季には嬉しかった。同時に、少しだけ心苦しさも感じる。

――気持ちは嬉しいけれど、俺のことを気にするよりも、二人とも自分のことをもっと気にしてほしいんだよなぁ……

泉部の退魔師《たいまし》は、良くも悪くも比翼連理。互《たが》いに命を預けあって戦う様は、片方ずつしか翼《つばさ》がない体を寄せ合って力を合わせて空を飛ぶ比翼の鳥に似ている。

だからこそ、己の対を得るための第一歩となる翼編試験では、自分のことにもっと集中してほしい。

──まぁその比翼になるには、まずは己の翼を生やさないことには、対の候補にさえなれないわけだけどさ……

「翼編試験に臨《のぞ》むからには、目指せ未来の氷煉比翼！　俺達三人揃って挑《いど》んで、必ず合格をもぎ取るんだ!!」

黄季がさらに溜め息をついていることに気付かず、明顕は高らかに宣言する。

その瞬間、ぬっと横から影《かげ》が入り込んできた。

「その心意気は買うがな、李《り》明顕」

『え？』と黄季と民銘が顔を上げるよりも早く伸《の》びた手は、迷いなく明顕の耳をねじり上げる。

「比翼を目指す前に、まずは迅速《じんそく》な完全撤収《てっしゅう》を目指してほしいんだが？」

その声に聞き覚えがあった黄季と民銘はバッと顔を上げ、そこにいるのが誰か分かった瞬間、思わず一歩後ろに飛び退《の》いていた。

「お、恩長官《おんちょうかん》!?」

あまりの痛みに悲鳴さえ上げられずにのたうち回る明顕の向こうにいたのは、泉部長官である恩慈雲《じうん》だった。四位前翼退魔師であることを示す浅青色の衣《ころも》に身を包んだ慈雲は、爽《さわ》やかな笑顔《えがお》と快活な物言いからは想像もつかないえげつない角度と力で明顕の耳をねじり上げたまま、黄季と民銘を見下ろしている。

「もっ、申し訳ありませんっ!!」

黄季と民銘は慌《あわ》てて礼をとりながら膝《ひざ》を折る。そんな黄季達の声で周囲もようやく慈雲の登場に気付いたのか、サワリと空気の揺れが波紋《はもん》のように広がっていくのが分かった。

──なんで長官がこんな現場に出張ってんだ!? そこまでヤバい現場じゃないだろここって!

泉仙省の退魔師が纏う衣は、位階が高くなるほど色が薄《うす》くなる。黄季は入省して以来、慈雲以上に色が薄い衣を纏《まと》った退魔師を見たことがない。

それはすなわち、今の黄季で相見《あいまみ》えることができる人物の中で、恩慈雲 泉仙省泉部長《せんせんしょう》官が一番高位にいることを示していた。

「それに、翼編試験に意欲を燃やすのは結構だが、氷煉比翼は目指してほしくないもんだな」

「な、なぜですか……?」

『そろそろ明顕の耳、取れるんじゃね？』とハラハラしながらも、黄季は会話の調子に合わせて疑問を口にしていた。そんな黄季に民銘が肘打《ひじう》ちを入れてくる。

──え、もしかしてこういうのが『会話の距離感《きょりかん》おかしい』って言われてるやつ？

「そりゃあお前、国と一緒に燃え落ちた同期を目指すって言われたら、止めたくもなるだろ」

肘打ちの意味を今更《いまさら》理解した黄季は冷や汗《あせ》を浮《う》かべたが、慈雲はそんな二人に気付かないまま実に軽《かろ》やかに答えてくれた。明顕の耳をねじり上げる手こそそのままだが、雑談に応じてくれる口調は存外親しみやすい。

その口調に引かれて、思わず黄季は続く問いを口にしていた。

「長官、氷煉比翼と同期だったのですか？」

「おーよ、二人とも俺より年下だったが、入省は同じ年だったからな。間違いなく同期だな」

民銘の肘打ちが連打されるが、黄季はそれを身をよじって躱《かわ》した。思わぬ反撃《はんげき》に民銘が体勢を崩《くず》す中、黄季は真っ直《す》ぐに慈雲を見上げる。

「今じゃ伝説みたいに語られてる二人だけどよ、俺の中じゃただの同期だよ。一緒に飯食って、現場出て、馬鹿《ばか》なこともやった仲間だった」

氷煉比翼。

八年前の大乱のさなか、暴走した先帝軍《せんていぐん》が都を焼き払《はら》うために放った炎《ほのお》を、命を賭《と》して組んだ術で先帝の命もろとも消し止めた一対《いっつい》の退魔師。四位が泉仙省泉部最高位階とされている中、歴代で唯一《ゆいいつ》その慣例《かんれい》を覆《くつがえ》し、現役退魔師にして三位の位階を与《あた》えられ、揃《そろ》いの白衣《びゃくえ》に身を包んでいた沙那《さな》最高峰《さいこうほう》の実力者。

それが氷煉比翼。

今や伝説として沙那の退魔師達に語り継《つ》がれている、かつての沙那が誇《ほこ》った屈指《くっし》の一対。その名声は退魔師ならば誰《だれ》でも知っているが、伝説じみた逸話《いつわ》ばかりが有名で為人《ひととなり》を耳にすることはあまりない。慈雲の発言を聞いて、黄季はそのことに初めて思い至った。

──そうだよな。伝説になってる二人だって、ただ当時を一生懸命《いっしょうけんめい》に生きていただけの、等身大の人間だったんだよな。

あの大乱では、あまりにもたくさんの人が死んだ。兵も、貴族も、町人も、退魔師も。黄季も、あの大乱で家族を亡《な》くした。当時のことはあまり思い出したくない。

当時戦《いくさ》のただ中を駆《か》け抜《ぬ》けた人間が目《ま》の当たりにしたことを語りたがらないのは、そんな黄季の心情と似たものがあるせいだろう。特に現場に駆り出されていた退魔師の生き残りは、大乱について今でも固く口を閉《と》ざしている。

──先帝に与《くみ》した貴族達と、先帝の暴政に堪《た》えかねて決起した民《たみ》。前者は死に絶えて、後者は勝者になった。でも、泉仙省はどっちの立場でもない。

今政《まつりごと》を取り仕切っている官僚《かんりょう》や軍人は、決起した民間軍側の出身者が大半だから痛手も自業自得《じごうじとく》なのかもしれない。だが当時の泉仙省は両者によって巻き込まれた被害者《ひがいしゃ》で、しかも最終的には先帝軍の暴走に対抗《たいこう》できなくなった民間軍に前線を押し付けられ、乱の終結を丸投げされたという話だ。

その結果多くの仲間を亡くしたとあれば、口を閉ざすのも当然のことなのかもしれない。勝利を語れる今の官僚や軍部と、泉仙省では立場や思いが違《ちが》いすぎる。

きっと氷煉比翼が神格化されてしまったのは、直《じか》に二人を知っている人間が頑《かたく》なに口を閉ざしてしまったせいもあるのだろう。

──だけど、まだ八年、なんだ。

二人を直に知らない人間が伝説を作り上げるには十分な時間であっても、当時の二人を直に知っている人間が見えない傷を癒《い》やすためには、まだまだ時間が足りないのではないだろうか。

軽い口調で氷煉比翼のことを語った慈雲だったが、黄季はふとそんなことを考えた。何を勝手な妄想《もうそう》をと笑われるかもしれないが、黄季だったらとても八年では割り切れない。

「……浅慮《せんりょ》な物言いをしました。申し訳ありません」

そんな思いとともに黄季は静かに頭を下げた。黄季の言動にハッと目を瞠《みは》った民銘も、隣《となり》に並んであたふたと頭を下げる。

　そんな二人の行動に、慈雲が一瞬《いっしゅん》目を丸くした。

「……気にすんなよ」

数拍《すうはく》間を置いてから降ってきた声は丸みを帯びていた。ハッと顔を上げた瞬間、優《やさ》しく笑んだ慈雲と視線がかち合う。その表情だけで慈雲が黄季の内心を理解してくれたのだと分かった。

「詫《わ》びてほしいわけじゃねぇんだわ。ただの俺の感傷。気を揉《も》ませて悪かったな」

「あ、いえ……」

「翼編《よくへん》試験、お前達三人にはぜひ受けてほしいと思っている」

「えっ!?」

黄季と民銘の叫《さけ》びが重なった。同時に慈雲の指がパッと離《はな》され、明顕が地面に倒《たお》れ込む。

翼編試験に一番熱意を燃やしていた明顕だが、今はそれどころではないらしい。

「李明顕と風《ふう》民銘は今年入省組の十二人の中でも頭ひとつ抜けてたからな。今年は三年次以上のやつらに加えて、二年次から選ぶならこの二人と、あと一人、二人かって思っていたんだ。鸛《ばん》黄季はちょっと実力が足りないから、今年は見送りかと考えていたんだが……」

　フッと一瞬言葉を止めた慈雲が黄季を流し見る。

「っ!?」

その瞬間、ゾクリと背筋が粟立《あわだ》った。そんな黄季に気付いたのか否《いな》か、慈雲はフワリと今まで浮かべていた笑みとは宿る感情が異なる笑みを黄季に向ける。

「最近のお前なら、受験を認めてもいいかと思ってな」

全《すべ》ての感情の下に刃《やいば》を隠《かく》しているかのような。

殺気。冷気。獲物《えもの》を前にした狩人《かりゅうど》のような、そんな何か。

慈雲が今黄季に向けているのは、そんな感情だ。

「お前、最近誰かの弟子《でし》にでもなったか？　明らかに以前と術の巡《めぐ》らせ方が変わったと思うんだが」

──本当のことを答えてはいけない。

とっさにそう思ったのは、そんな冷気を察してしまったからなのだろうか。

「い、いえ……」

黄季はとっさに顔を伏《ふ》せると、干上《ひあ》がる喉《のど》で無理やり言葉を紡《つむ》いだ。

「自分に合った指南書を見つけて……自主練習には、励《はげ》んでおりますが……」

「……ふぅん？　自主練習、ねぇ？」

慈雲は瞳《ひとみ》を細めながら笑みを深くしたようだった。納得《なっとく》した気配はないと分かってしまう。だが黄季にこれ以上言えることは何もない。

「最近のお前の術の癖《くせ》に、覚えがあってな」

顔を伏せたまま体を強張《こわば》らせる黄季の耳元にスッと慈雲が顔を寄せる。黄季の耳にだけ囁《ささや》かれる言葉はきっと、すぐ隣にいる民銘にさえ届いていないだろう。

「実に……実に懐《なつ》かしいんだわ、その手癖」

──恩長官は、氷柳さんのことを知っている。

その事実に、なぜか黄季の背筋がヒヤリと冷えた気がした。


「……ってことがあったんですけど……」

黄季は言葉を紡ぎながらチラリと視線を流した。

「どう思います？　氷柳さん」

「……どうもこうも」

今日も今日とて寝椅子《ねいす》に身を預けた佳人《かじん》は、秀麗《しゅうれい》な顔に険を乗せるとツイッと煙管《キセル》の先で黄季の前を示す。

一時的に解かれた結界から入り込んだ、妖怪《本日の課題》を。

「翼編試験云々《うんぬん》の前に、お前は目の前の敵に集中すべきだ」

「デスヨネッ⁉︎」

──ああぁぁぁっ‼︎　そもそも本当に質問したかったのは『俺、前翼《ぜんよく》と後翼《こうよく》、どっちに向いてると思いますか？』じゃなくて『恩長官と知り合いなんですか？』だったのにっ!!　せっかく踏《ふ》み込んだ質問する好機だったのになぁんで言えないかなぁ俺ってばぁぁぁっ!!

黄季は色んな感情を抱《かか》えたまま内心だけで悶絶《もんぜつ》した。

実際に体で悶絶しなかったのは、今大絶賛印を組んでいる最中で、目の前に牙《きば》を剝《む》いた三ッ首の狼《おおかみ》の妖怪《ようかい》がいるからだ。一応結界で足止めはしているが、どう考えても悶絶している場合ではない。ついでに言うと雑念を抱《いだ》いている場合でもないし、雑談を振《ふ》っている場合でもない。

黄季は呼吸ひとつで意識を切り替《か》えると仕上げの呪歌《じゅか》を口にした。

「『夜明《あけ》けの緋は日の刃《やいば》　闇《やみ》を断《た》ち切る陽《ひ》の刃』」

黄季の霊力《れいりょく》を呼び水にして大地からフルリと霊気が立ち上る。自然に満ちていた霊気は黄季の霊力の色を吸い上げ、呪歌に織り込まれることで退魔《たいま》の刃となる。

「『闇は闇へ還《かえ》れ　滅殺《めっさつ》』っ!!」

最後に裂帛《れっぱく》の気合いを込めて印を組んだ手を振り下ろせば、編まれた術が妖怪に降り注いだ。黄季の術に討《う》たれた妖怪は断末魔の悲鳴を上げながら黒い塵《ちり》となって消えていく。

「やっ、やった……！」

「不可」

独力で妖怪を討てたという事実に黄季は思わず涙《なみだ》ぐむ。

だが黄季が喜びを噛《か》み締《し》める間もなく背後からは氷のような声が飛び、同時に放たれた柳葉飛刀《りゅうようひとう》が黄季の顔の真横を通り過ぎた。

「術が成ったからといって気を抜くな。狩《か》り残しがないか、全てを完膚《かんぷ》なきまでに潰《つぶ》せたか常に確認《かくにん》しろ」

風圧で頬《ほお》が裂《さ》けるんじゃないかという攻撃《こうげき》に黄季は反射的に頬に手を添《そ》える。だが視線は刃が突《つ》き刺《さ》さった先をしっかり追っていた。その先にあったモノをきちんと認識した黄季は『ヒッ!』と悲鳴を上げながら固まる。

「その油断、実地で晒《さら》したら死に繋《つな》がると思え」

そこにあったのは、いまだにガチガチと牙を鳴らしている狼の生首だった。どうやら三ツ首の内のひとつが術を逃《のが》れて生き残っていたらしい。首だけで死角から黄季に牙を剝こうとしていたところを氷柳の飛刀に貫《つらぬ》かれて吹《ふ》き飛ばされたのか、額に飛刀が突き立てられた生首は崩《くず》れかけた築地《ついじ》塀《べい》に磔《はりつけ》にされている。

「何をしている。さっさと片付けろ」

「……ハイ」

カクカクと動きがぎこちない関節を何とか動かして印を組んだ黄季は、今度こそしっかりと妖怪に引導を渡《わた》した。黒い花びらのような残滓《ざんし》が消えた後には鄙《ひな》びた庭の景色だけが残る。

今度はきっちりと気配を探《さぐ》り、もう本当に妖気の欠片《かけら》がないことを確かめた黄季は思わずその場にくずおれた。無理やり自覚しないようにしていた疲労《ひろう》がドッと体中に戻《もど》ってきて全身が重い。

「おわっ……た……っ！」

「この程度で音を上げるなんて、まだまだだな」

「〜〜〜〜〜〜っ!!」

──こっ、こんの鬼《おに》……っ！

くずおれたままプルプルと震《ふる》える黄季の隣《となり》をすり抜《ぬ》けて庭に下りた氷柳は、相変わらず冷たい声で容赦《ようしゃ》のない評を黄季に突き付けていく。そこに黄季を気遣《きづか》う気配は一切《いっさい》ない。

──確かに助言とかくださいって言ったけどさぁっ！　ここまで積極的に助言をしてくれるなんて、ありがたい誤算だったけどさぁ……っ！

いまだに震えている体を無理やり動かして氷柳を見遣《みや》る。己《おのれ》が打った飛刀を回収している氷柳の姿は、相変わらずこの世のものとは思えないほどに神々《こうごう》しく、美しい。

──でも、やり方がえげつなく厳しすぎ……っ!!

誰《だれ》が思うだろうか。

こんなに涼《すず》やかな佳人が、地獄《じごく》の鬼さえ泣いて逃《に》げ出しそうな厳しさで黄季の指導をしているなどとは。

ひと月ほど前の春の終わり、偶然《ぐうぜん》にもこの佳人との縁《えん》を得た黄季は、以降も足繁《あししげ》くこの屋敷《やしき》に通っている。最初は幻術《げんじゅつ》結界に惑《まど》わされて屋敷に辿《たど》り着くこと自体が難しかったのだが、最近は地脈の流れや術の気配を読めるようになってきてごく普通《ふつう》の屋敷を訪《おとな》う感覚でここまで来られるようになった。

そんな黄季の成長を氷柳も把握《はあく》しているのだろう。最近は今日のように一時的に屋敷を囲む結界を解き、敷地《しきち》内にあえて招き入れた妖怪を退魔させるという実地訓練を黄季に課している。

だがその招き入れられる妖怪が、毎回えげつなく強い。

──ここが忌地《いみち》のど真ん中に建ってる屋敷だからって、それだけの理由で本当にこんなことになるもんなのか？

氷柳曰《いわ》く、この屋敷はそういう、いわゆる陰《いん》の気の吹き溜《だ》まり……忌地と呼ばれる場所に建っているらしい。

そんな場所にあえて屋敷を構えて住んでいる精神は理解できないが、忌地そのものは珍《めずら》しいものではない。ただ、氷柳の屋敷がある忌地は通常の忌地よりも強力で、そこに氷柳という退魔師が住み着いたことでさらに陰の気やそこから発生する妖怪を引き付けやすい性質を帯びてしまったのだという。

そこまでのことを思い返し、黄季はそっと氷柳の様子を窺《うかが》った。手の中にある飛刀から築地塀へ視線を移した氷柳の横顔に相変わらず表情と呼べる表情はなく、何を感じているのかその横顔から推察することはできない。

——ほんっと、何者なんだろう？　氷柳さんって。

これは直接説明されたことではなくここまでの交流から何となく黄季が察したことなのだが、そもそも氷柳はこの忌地を封《ふう》じるためにここに住み始めたらしい。

本来忌地にはあまりヒトを近付けない方がいいし、そもそもヒトの方が本能的に忌地を避《さ》けるために町の中に忌地ができることは珍しい。だが戦《いくさ》や事故などで土地が穢《けが》れてしまうと、元々何でもなかった繁華《はんか》な土地の中にぽっかりと後発的に忌地ができてしまうことがある。この土地は先の大乱の前からどういうわけか都のど真ん中に存在していた忌地で、さらに厄介《やっかい》なことに長い時間をかけて徐々《じょじょ》に陰の力を強める傾向《けいこう》があるらしい。

最初は退魔師が通いで定期的な修祓《しゅうばつ》を行っていたのだが、穢れが強くなるに合わせてその頻度《ひんど》が上がり、最終的には退魔師が常に付きっ切りで気の流れを整えてやらなければ周囲に被害《ひがい》が出る有り様になってしまった。その時に『どうせ付きっ切りで面倒《めんどう》を見なければならないなら、いっそここに住んだ方が手っ取り早いのではないか』という案が出たらしい。

そこで発案者とどういう関係にあったのかまでは分からないが、とにかく氷柳に白羽の矢が立った。氷柳は土地を封じる代わりにこの土地と屋敷、さらには報酬《ほうしゅう》としてそこそこに纏《まと》まった額の金子《きんす》を与《あた》えられ、ここに住み込むことになった。

……というのが、少ない会話の端々《はしばし》からこぼれ落ちる情報を繋いで黄季が推察した、何となくの『理由』である。

──まぁ、どんな人であれ、氷柳さんがそれだけの腕《うで》を持った退魔師だってことは確かなんだろうけど……

ここまでの推測でもかなり訳アリな氷柳だが、どうやら氷柳が抱えている事情はそれだけでは収まらないらしい、ということも、黄季は何となく推測している。

というのも、氷柳にどんな事情があったのかは分からないが、ここ最近の氷柳はその『封じ』の責務をなおざりにしてきたらしい。具体的に言うと、屋敷を結界で囲って外界から断絶させ、世界から切り取ってしまうことで『そこに存在しない』という状況《じょうきょう》にしてきたのだという。

『気』というものは、正しく巡《めぐ》っていないと必ずどこかで不調を起こす。量が多くても少なくても、陰陽どちらに傾《かたむ》きすぎても、流れを断ってもいけない。退魔師は大地の気の流れである地脈から力を引き出し、そこに己の霊力と呪歌を乗せることで退魔術を行使するのだが、その時だって地脈に無理な負荷がかかるような使い方はしてはならないと教えられる。

忌地が結界で断絶されたことで妖怪《ようかい》を引き付ける強力な引力はなくなっていた。ただ、忌地という強い引力と陰の気がいきなり消えたことで、この周囲の土地の地脈はかなり乱れてしまったらしい。黄季がこの屋敷の庭の池に連日嵌《は》まることになった原因を作り出した妖怪達も、その乱れが原因で生まれたものだ。そしてさらに性質《たち》が悪いことに、氷柳は『そうなっている』ことを知っていながら一切対策を取らずに全《すべ》てを放棄《ほうき》してきたのだという。

結果、この屋敷の周囲は、力の強い妖怪が跋扈《ばっこ》する暗黒地帯と化した。そんな中で結界を解いて忌地の引力を解放してしまえば、……結果は火を見るよりも明らかだ。

——何はともあれ、これ絶対妖怪駆除《害虫くじょ》を兼《か》ねての実戦ですよねっ!?　氷柳さんの不始末を押し付けられてるって、俺分かってるんですからねっ!!

そう叫《さけ》んでしまいたいのは山々なのだが、今日も今日とて黄季はその内心をグッと抑《おさ》え込む。

「お前は後翼向きだ」

回収した飛刀の歪《ゆが》みを確かめ、築地塀の崩れ具合を確認していた氷柳が、何の気なしにそう紡《つむ》いだのが聞こえた。

「攻撃呪《こうげきじゅ》の精度は今ひとつだが、結界呪の安定性は最初から高かった。援護《えんご》になる術を磨《みが》けば、前翼にとって心強い後翼になれる」

淡々《たんたん》と紡がれる言葉は、淡々としているからこそ忌憚《きたん》のない見解なのだと分かる。だから黄季は必死に腕を突っ張って体を起こすと拝聴《はいちょう》の姿勢を取った。

「そもそも……」

そんな黄季の視線の先で、不意に氷柳がフツリと言葉を止めた。ユラリと振《ふ》り返った氷柳は疑問に首を傾《かし》げる黄季にヒタリと視線を据《す》えると、何かを見定めようとするかのように無言で黄季に視線を注ぐ。

「氷柳さん？」

「なぜお前がそこまで攻撃呪だけを苦手とするのか、分からない」

「え？」

不意に向けられた言葉に黄季は拍子抜《ひょうしぬ》けした声を上げていた。

──なぜも何も、苦手だからなんですが……？

「お前の結界呪は安定している。強度も高い。均一に力を流し込み、巡らせることができている証《あかし》だ。基礎《きそ》ができていない人間は、まずそこにムラが出る。そもそも攻撃呪と結界呪ならば、効果を持続させるために力を巡らせ続けなければならない結界呪の方が難易度は高い」

向けられた言葉に黄季が戸惑《とまど》っていると分かったのだろう。黄季に向き合った氷柳はゆったりと腕を組むと言葉を続ける。

「お前、最初にこの庭に落ちた時から、この家が断絶と幻惑《げんわく》の結界に囲まれた空間だということを分かっていたと言っていただろう」

「はい。あ、でも、詳《くわ》しい術式のことまでは……」

『落ちこぼれ』と呼ばれる人間に、この屋敷の結界は見抜けない。結界に囲われていたこととその概要《がいよう》を見抜けたというならば、術師としては十分及第《きゅうだい》点にあるはずだ」

黄季の言葉を途中《とちゅう》で遮《さえぎ》った氷柳はじっと黄季を見つめた。無言のまま何かを糺《ただ》されているような気分になった黄季は、思わずゴクリと空唾《からつばき》を呑み込む。

「えっと、その……。本来なら、結界呪と攻撃呪の出来にここまでバラつきが出ることはない、ということ、です、か？」

「……意図があって、あえて結界呪のみを研いだ、というならば話は別だが」

何か心当たりがあったのか、氷柳は一瞬《いっしゅん》だけわずかに視線を伏《ふ》せた。だがその視線はすぐに黄季へ引き戻《もど》される。

「お前の場合は、そうではないのだろう」

「え、あ、はい」

「では、何か原因に心当たりは？」

「原因、ですか」

「素質、力の巡らせ方、身体面に問題がないならば、心の在り方か。何か攻撃を躊躇《ためら》うような要因がお前の心にあって、それが無自覚のうちに術に影響《えいきょう》を与えている可能性はある」

「心の在り方……」

その言葉に、ぼんやりと脳裏《のうり》に浮《う》かんだ光景があった。

『黄季』

耳に蘇《よみがえ》った声は、いつだって忘れることなく黄季の記憶《きおく》の中にある声だった。高くて、ヤンチャで、幼さが抜けきっていない、少年の声。

それが誰《だれ》のものであるか、黄季は知っている。あの声と一緒《いっしょ》に体に回された腕の温かさも、年齢《ねんれい》に相応《ふさわ》しからぬ力強さも、黄季が忘れることはきっと一生ないだろう。

『黄季、お前は……』

──違《ちが》う。

脳裏を過《よぎ》った記憶に、黄季は反射的に否《いな》を唱えていた。

──あれはこのことに対して言われた言葉じゃない。あれは……

「……言いたくないなら、別にいい」

不意に、涼《すず》やかな声が黄季の耳に滑《すべ》り込んだ。

いつの間にかうつむいてしまっていた顔を弾《はじ》かれたように上げると、氷柳は変わることなく静かな視線を黄季に置いていた。

そんな氷柳がフイッと顔を背《そむ》ける。

「とにかく、お前は性格的にも前翼《ぜんよく》には向いていない。攻撃全般《こうげきぜんぱん》に怯《ひる》みが見える。その怯みは前翼としてやっていくには致命的《ちめいてき》だ」

その瞳《ひとみ》の中に、一瞬静けさ以上の冷たさがあったように見えたのは気のせいだったのだろうか。

確かめたかったが、黄季から顔を逸《そ》らした氷柳はそのまま視線を伏せて淡々と言葉を続ける。

「お前の場合は短所を潰《つぶ》すよりも、長所を伸《の》ばす方向を考えた方が良い」

「……はい」

過去の幻影《げんえい》は確かに熱を感じたはずなのに、血の気が下がった指先は冷え切って震《ふる》えていた。そのことを押し隠《かく》すために黄季はキュッと指先を握《にぎ》りしめて返事をする。

そんな黄季をどう捉《とら》えたのか、氷柳の瞳がさらに一段温度を下げたような気がした。

「ただ、後翼《こうよく》志望だからといって、攻撃呪の習得に消極的なままで良いという話ではない。後翼だって捕物《とりもの》現場に立つことに変わりはない。己《おのれ》の身を守れるだけの技量は身に付けろ」

「はい」

だがそのまま言葉を締《し》め括《くく》られてしまえば、黄季に氷柳の内心を量る余地は与《あた》えられない。拒絶《きょぜつ》、とまでは行かないが、ピンと張り詰《つ》めた空気は出会った頃《ころ》から変わらず、黄季が必要以上に踏《ふ》み込むことを許さない緊張《きんちょう》を秘《ひ》めている。

あるいは黄季が勝手にそう思っているだけなのか。

——氷柳さんは、厳しい。

こちらから積極的に頼《たの》み込んだわけでもないのにいきなり実地訓練は始まったし、呼び込まれる妖怪はどいつもこいつも黄季の手に余る。それなのに最後の最後、黄季の命が本当に危なくなるまで助太刀《すけだち》はしてくれない。初回の実地訓練なんて、そりゃあもうズタボロになったものだ。それなのに降ってきた言葉が『戯《たわ》け』の一言だ。こっちは仕事で現場を回った後にこの実地訓練に臨《のぞ》んでいるというのに。泣いても喚《わめ》いても許されるんじゃないかと、正直今でも時々思う。

それでも、黄季は泣かないし、暇《ひま》さえあればこの屋敷《やしき》に通っている。氷柳の方から『来い』と言われたことなんて、一度もないのに。

——厳しいけれど、優《やさ》しい人だ。

初めてだった。ここまで親身に指導をつけてくれる人は。

氷柳の指摘《してき》に理解が追いつかなくて問いを向ければ、黄季の理解が追いつくまで、根気良く言葉を変えて説明してくれる。助言を求めれば、いつだって答えを考えてくれる。人と話すことは苦手そうで好きでもないようなのに、それでも氷柳は策でも技術でも、黄季に理解できる言葉を選んで、黄季の理解が追いつくまで、投げ出すことなく説明をしてくれた。こんなに丁寧《ていねい》な指導は泉仙省《せんせんしょう》の先輩《せんぱい》達も、退魔師《たいまし》養成所である祓師寮《ふつしりょう》の先生達もしてくれなかった。

そんな氷柳の言葉は、短期間で黄季を確実に成長させてくれた。それこそ、同期や長官がその理由を訝《いぶか》しむくらいに。

——だからこそ……不用意に踏み込んで、不快な思いはさせたくない。

氷柳にとって黄季は、面倒《めんどう》な珍客《ちんきゃく》でしかない。その程度でしかない人間の指導をしなければならない義理なんて、本来氷柳にはないはずだ。

それに。

『そう言われるだけで、ここまで心が救われるとは』

——氷柳さんは、多分、『戦う』という道を、選ばなかった人。

新米退魔師である黄季にだって氷柳が並外れた腕前《うでまえ》の退魔師であることは分かっている。世に実力が露《あら》わとなれば、泉仙省も王宮も氷柳を放《ほう》ってはおかないだろう。忌地《いみち》の封《ふう》じを担《にな》っている辺りから考えるに、元は泉仙省に属していたのかもしれない。

そんな氷柳が人目をはばかるようにこの屋敷に引き籠《こ》もっているのは、戦いから身を引くためなのではないだろうか。これ以上戦いに巻き込まれなくてもいいようにという自衛の策ではないのだろうか。先の大乱で心に傷を負った人々が頑《かたく》なに口を閉《と》ざすのと同じで、氷柳はこの屋敷の中で息をひそめることで心を守っているのではないだろうか。

——そうであるならば、俺の存在は、より一層目障《めざわ》りであるはずなのに。

それなのに氷柳は、黄季の指導をしてくれる。確かにきっかけは黄季がそう望んだからだろうが、今では氷柳が自発的に黄季をしごいているという状況《じょうきょう》だ。

——素っ気ないし、容赦《ようしゃ》ないし、表情が動かなくて冷たくも見えるけど、でも……

間違いなく、根っこの部分で氷柳はお人好《ひとよ》しだ。

頼《たよ》られたら放っておけない。そんな性格。

何となく黄季は、氷柳という人を勝手にそうだと判断している。

——だからこそ、余計に踏み込めないというか。氷柳さんがあえて線を引くなら、そこは尊重しなきゃいけないというか。

報《むく》いたいと思う。『戦わない』という選択《せんたく》をした人に、戦いの技術を教えさせてしまっているという現実を、決して後悔《こうかい》させせないために。決して無駄《むだ》にしないように。

同時に、不愉快《ふゆかい》な思いはさせたくないとも思う。誠実でありたいとも思っている。だからこそ、口ごもったまま何も答えられなかった自分に、内心モヤリとしたものを感じてもいる。

圧倒的《あっとうてき》な強者である氷柳に対し『傷付けたくない』と思うのは傲慢《ごうまん》なことなのかもしれない。それでも黄季の根本にある感情はそれだと思う。

——『嫌《きら》われたくない』とは、ちょっと違うような気がするんだよなぁ……

「本日の指導はここまで」

そんなことをモヤモヤと考えている間に氷柳は鍛錬《たんれん》終了《しゅうりょう》を宣言した。再び我《われ》に返った黄季は弾かれたように頭を上げてから改めて深々と頭を下げる。

「ありがとうございました」

黄季の声に氷柳は応《こた》えない。飛刀を袂《たもと》の中に収めた氷柳は、踵《きびす》を返すと常と変わらない気品のある挙措《きょそ》で屋敷に向かって歩を進めてくる。

「えっと、あの……！」

そんな氷柳に向かって黄季は思い切って口を開いた。ここ数日、決まってこの瞬間《しゅんかん》に同じ言葉を口にしているはずなのに毎回緊張するのは、先程《さきほど》まで思い悩《なや》んでいたことと根が繋《つな》がっているからかもしれない。

「今日は、何をしましょうか？」

漠然《ばくぜん》とした問いかけに、寝椅子《ねいす》に腰《こし》を落ち着けた氷柳がピタリと動きを止めた。しばらくそのまま動きを止めていた氷柳は、やがて無言のまま顔を黄季へ向ける。無表情のままでありながら氷柳が纏《まと》う空気を若干《じゃっかん》変えたことに気付いた黄季は、ワタワタと両手を動かしながら言葉を続ける。

「屋敷の補修は大きいところはあらかた終わりましたし、また飯でも作りましょうか？　それ以外に何かやることってあります？」

「何か……」

微《かす》かに呟《つぶや》いた氷柳は、黄季から視線を外すとぼんやりと宙に視線を投げた。相変わらずそのまま仙画にでもなれそうな雰囲気《ふんいき》だが、あれで結構真剣《しんけん》に『何か』を考えているのだろう、多分。

氷柳に教えを乞《こ》うようになった黄季は、その対価として氷柳の家の雑用をこなしている。

特に氷柳からそう求められたわけではない。黄季が自主的に始めたことである。

現に雑用をしたい旨《むね》を切り出した当初、氷柳は面食《めんく》らったように目を丸くしてしばらく無言になっていた上に、かなり時間をかけて見つけ出してきた答えは『……特に、そういうことは求めていない』という簡潔なお断りだった。そこを押し切るように黄季が勝手に雑用を見つけてやり始めて、氷柳がそんな黄季に折れる形で雑用を頼んでくれるようになって今に至る。

──基本的に世の中は持ちつ持たれつの循環《じゆんかん》型。一方的にもらいっぱなしってのは、退魔師的考え方からしても良くないはずだし、それに……

黄季は氷柳の言葉を大人しく待ちながら、内心だけで溜《た》め息をつく。

──氷柳さん、思っていた以上に生活力ないし。

そう、意外なことにと言うべきか、見た目通りにと言うべきか、氷柳は黄季の想像以上に生活力がなかった。

当初黄季は『こんな仙人《せんにん》みたいな人でも、俺達みたいに家事してるってことだよなぁー、一人で暮らしてるってことは』と思っていたのだが、全然、まったく、そんなことはなかった。

この氷柳という貴仙《きせん》のごとき美青年、実はまったく家事をしていない。

ではどうやって生きているのかと言えば、全《すべ》てを退魔術で創《つく》り出した式《シキ》にやらせているらしい。その『やらせている』も実に最低限で、食事は数日に一回摂《と》ればいい方、洗濯《せんたく》や身支度《みじたく》は必要に駆《か》られたら退魔術を駆使《くし》して行い、屋敷の補修や掃除《そうじ》は、寝る場所さえあれば問題ないらしく寝室《しんしつ》だけ何となくされているという状況だった。

屋敷があばら屋のごとく荒《あ》れていることは気にならないのかと質問したことがあるのだが、『雨風を凌《しの》げれば野晒《のざら》しにされているよりは快適』という実に野生児な御《ご》回答を得た。大貴族の邸宅《ていたく》の奥深くで高級品に囲まれ、大勢の召《め》し使いに傅《かしず》かれて生活している様が似合いそうな風貌《ふうぼう》をしていながら、実際のところは野宿生活でも平然と生きていられる御仁《ごじん》であったらしい。

おまけに高位の退魔師である氷柳は吸い上げた霊気《れいき》をそのまま己《おのれ》の活力に変換《へんかん》できるという妖怪《ようかい》のような機構まで持ち合わせているらしく、食事を一切《いっさい》摂らなくても半月程度は平気であるらしい。特にこの屋敷は忌地に建っているから、ここに引き籠もるようになってその傾向《けいこう》がさらに顕著《けんちょ》になったんだとか。

──霞喰《かすみく》って生きてそうな人だなとは思ってたけど、本当にそうなんだって知った時はさすがに衝撃《しょうげき》がすごかったよな。

というわけで、黄季は半ば強引《ごういん》に氷柳の屋敷の家事をさせてもらっている。

ひとまず屋根に空いた大きな穴は塞《ふさ》いだし、最近一通り屋敷内の掃除も終わらせた。手が空いたからここ数日は日持ちしそうな料理を作って置いていくようにしているのだが、あればきちんと食べる主義なのか、毎日空になった食器が台所に残されている。……洗われずに水を張った盥《たらい》の中に皿を入れてある状態で毎日遭遇《そうぐう》するのだが、氷柳の家事のできなさ加減から見るにあれが氷柳なりの精一杯《せいいっぱい》なのだろう。

「……やれることは、特にない」

そんなことをつらつらと思っていたら、ポツリと言葉が落ちてきた。半ばその答えが予測できていた黄季はめげることなく問いを重ねる。

「飯、風呂《ふろ》、寝るなら気分はどれですか？」

新しく出てきた問いに氷柳は微かに眉間《みけん》に皺《しわ》を刻んだ。それが不快を示すものではなく困惑《こんわく》を示すものだということは、頼りなく宙を彷徨《さまよ》った視線で察することができた。

──思えば出会った当初に比べれば、かなり会話が成立するようになったよなぁ。

「……飯」

微々《びび》たる、だが確かな進歩に静かに感動していると、氷柳はモソリと答えを口にした。

もしかしたら答えは『どれも気分ではない』『どれにも興味はない』かもしれないと思っていた黄季は、比較的《ひかくてき》早めに答えが出たことにパチパチと目を瞬《またた》かせる。

それからニコリと笑って頷《うなず》いた。

「分かりました！　食材の買い出しからしてきますね！」

――この三択《さんたく》の中で、飯を選んでくれるんだ。

恐《おそ》らく黄季が挙げた三択の中で氷柳にとって一番身近なのは『寝る』だ。『飯』と『風呂』は氷柳にとって必須《ひっす》ではない。特に『飯』に関しては黄季が勝手に押しつけている感じもあったから、氷柳から積極的に選んでもらえるとは正直思っていなかった。

――ちょっと、いや、かなり……嬉《うれ》しい、かも。

「……金子《きんす》を用意する。しばし待て」

満面の笑《え》みで答えた黄季からさらに気まずそうに視線を逸《そ》らした氷柳は、寝椅子から立ち上がると奥へ消えていく。

そんな氷柳の様子にさらに笑みを深めながら『今日は何を作ろうかなぁー』と黄季はソワソワと心を躍《おど》らせた。


都の中には、いくつか市が立つ場所がある。その中で最も繁華《はんか》な市が王城にほど近い西《さい》院大路《いんおおじ》に立つ市だ。

「氷柳さん、前から疑問だったんですけど」

その人混《ひとご》みの中を進みながら、黄季は以前から疑問に思っていたことを口にした。

「氷柳さんのお屋敷《やしき》って、場所で言うと正確にはどの辺りになるんですか？」

と言っても、問いかけた相手の姿は黄季の周囲にはない。

だがいつどこで聞いても涼《すず》やかな声は、まるで今当人が黄季の隣《となり》を歩んでいるかのようにハッキリと疑問に対する答えをくれた。

【大体の位置は知っているんじゃないのか】

「そりゃあ、大体の位置は知ってますけども」

黄季は手の中に握《にぎ》りしめた鏡に視線を落とした。女性が胸元《むなもと》に忍《しの》ばせていそうな小さな円い鏡の中には、黄季の顔ではなく無表情のまま煙管《キセル》を吹《ふ》かす氷柳が映し出されている。

「でも毎回お屋敷から出てくると違《ちが》う場所に出るんで、正確な場所はどこなのかなって思いまして」

黄季の手の中にある鏡は今、屋敷の寝椅子の足元に置かれた水盤《すいばん》と繋がっている。『水《すい》鏡《きょう》』と呼ばれる呪《まじない》の一種で、黄季の手元にある鏡と氷柳の手元にある水盤にそれぞれ呪《じゅ》力《りょく》を流し込むことにより、互《たが》いの鏡面に映り込む景色を交換《こうかん》して映し出すことができるらしい。術者の声も景色に乗せて相手に届けることができるおかげで、黄季は屋敷の外にいながら氷柳と言葉を交《か》わすことができている。

――氷柳さん、退魔術以外の術も詳《くわ》しかったんだなぁ。

『呪術』と呼ばれるものの中でも、特に妖怪を退治するための術が『退魔術』だ。退魔師《たいまし》育成の学寮《がくりょう》である祓師寮《ふつしりょう》で教えられるのはこの退魔術で、その他の呪術は行使ができるほど詳しく仕込まれることはない。退魔以外……降霊術や呪《まじない》を専門とする術師は『巫師《ふし》』、占術《せんじゅつ》を専門とする術師は『占師《せんし》』と呼ばれて区別がされている。確かにそれぞれの境界は曖昧《あいまい》だから退魔師も必要に応じて退魔術以外の呪術も学ぶが、サラリと専門外の術を行使できる術師は稀《まれ》なのではないだろうか。

――ますます来歴が分からなくなったなぁ……

『水鏡』の鏡を用意したのは、もちろん氷柳だ。食材買い出し用の金子とともに鏡を渡《わた》された黄季が首を傾《かし》げたところ、『護身用に持っていけ』というお言葉を賜《たまわ》った。

何でもここ最近、黄季が妖怪駆除《くじょ》……もとい実戦稽古《げいこ》に励《はげ》むようになって、より一層氷柳宅の周囲の気の流れが複雑になった、とか何とか。万が一不測の事態に遭遇して黄季単独で対処に当たらなくてはならなくなった時に助言ができるように、とか何とか。

――できればそんな不測の事態には遭遇したくないんですが！

黄季が泉仙省《せんせんしょう》で普《ふ》段《だん》駆《か》り出されている定期修祓《しゅうばつ》とは異なり、妖怪討伐《とうばつ》の現場はまさに命の取り合いの場だ。退魔師は妖怪を滅さんと現場に乗り込み、妖怪は生存本能に従い退魔師の命を捻《ひね》り潰《つぶ》しに来る。討伐現場に出るためには位階拝受が必須となっているのも、必ず対《つい》での行動を義務付けられるのも、それだけの危険がそこにあるからだ。泉仙省に配属された新人退魔師達は、単独行動中に妖怪に遭遇してしまった場合は退避《たいひ》を第一に考え、万が一にでも単騎《たんき》での退魔には臨《のぞ》まないようにと最初に教え込まれる。

　わけなのだが。

　——……え？　この鏡を渡されたってことは、もしかして、万が一、今この瞬間《しゅんかん》に妖怪に遭遇しちゃったら、逃《に》げずに俺一人で対処しろって暗に言われてる？

【正確な場所まで己の実力で分かるように精進《しょうじん》しろ】

「ふぇっ⁉　はい！　ソウデスネッ⁉」

　嫌《いや》な予感に顔を引き攣《つ》らせながらも、黄季はなるべく平静を装《よそお》って足を進め続ける。だがどこかギクシャクした動きが誤魔化《ごまか》しきれていないのか、鏡の中の氷柳がわずかに首を傾げたような気がした。

「あー、あー……。氷柳さん、何か食べたい物とかあります？」

　ここで沈黙《ちんもく》されては何だかいたたまれない。黄季は周囲に怪《あや》しまれない程度に落とした声音《こわね》で氷柳に雑談を振《ふ》ってみた。答えはないかもしれないが、単騎退魔の可能性に怯《おび》え続けるよりは独り言でも呟《つぶや》いていた方がまだ気が紛《まぎ》れる。

「何か希望があれば、探してみますけども」

　問いかけながらチラリと視線を落としてみると、氷柳は変わらず無表情のまま沈黙していた。だが黄季の勘違《かんちが》いでなければ、恐らくこの沈黙は不愉快《ふゆかい》な問いを受けたからの沈黙ではなく、思わぬ質問に面食《めんく》らった故《ゆえ》の沈黙なのだろう。

——あ。氷柳さんって物よりも霊気《れいき》食べて生きてる人だし、もしかしてパッと思いつく物が何もない、とか？

それでも雰囲気《ふんいき》から察するに、氷柳はひとまず何かないかと考えを巡《めぐ》らせてくれているようだ。案外しばらく待っていれば何かしら答えが出るかもしれない。

そんな些細《ささい》なことに緊張《きんちょう》が紛れていくのを感じながら、黄季は市の雑踏《ざっとう》の中を泳ぐように進んでいく。

人混みの中を進むのは体術の訓練と要領が似ている。相手の流れを読み、動きに合わせて体を捌《さば》けば歩くことには苦労しない。この市には馴染《なじ》みがない黄季だが、市の区割りは大体どこも同じだ。周囲の呼び込みの声に耳を澄《す》まし、鼻を利《き》かせれば食材を売っている店がどの辺りにあるかは見当がつく。

——氷柳さん、甘い物とかも食べるのかな……って、あれ？

甘味の露店《ろてん》でも出ているのか、フワリと黄季の鼻先を甘い香《かお》りがくすぐる。

その瞬間、古着屋の店先にチラリと見覚えのある姿が見えたような気がして、黄季は無意識のうちに足を止めていた。

「あれって……」

一瞬、古着屋の店先に吊《つ》るされた衣《ころも》が風で翻《ひるがえ》っただけかと思ったのだが、違う。

目が覚めるほど鮮《あざ》やかな緋色《ひいろ》の袍《ほう》。ヒョロリと周囲より頭ひとつ分は高いかと思われる背丈《せたけ》。黄季に見えるのは背中だけだが、キッチリと纏《まと》め上げられた髪《かみ》からは几帳面《きちょうめん》な性格が窺《うかが》える。

「魏《ぎ》上官？　何でこんなところに……」

魏浄祐《じょうゆう》。

地位で言えば泉仙省泉部《せんぶ》次官補、位階で言えば五位の上。赤系統の袍や佩玉《はいぎょく》は後翼《こうよく》退魔師の証《あかし》だが、相方が何年も前に退職している上に、四人いる次官補の中でも特に事務仕事を担《にな》っていることが多く、最近はあまり現場に出ていないという話だ。定期修祓の現場に回されることが多い黄季とはあまり接点がない相手だが、さすがに黄季も上官の顔くらいは知っている。

——あんまり話したこともないけど、何か苦手なんだよなぁ、魏上官。

何というか、雰囲気が蛇《へび》に似ている、というのが黄季の素直《すなお》な印象だった。常に薄《うっす》らと口元に浮《う》かんでいる笑みも、どこか薄《うす》ら寒く感じてどうにも苦手意識が抜《ぬ》けない。話したことも数えるほどしかないのに偏見《へんけん》は良くないとは分かっているのだが、一体どうすればこの苦手意識は改善されるのだろうか。

——俺がこんなことに悩《なや》むの、珍《めずら》しいはずなんだけどなぁ……

【どうした】

そんなことを考えている間に、浄祐は黄季に気付かないままフラリと古着の露店と小間物を商《あきな》う露店の間の細道の奥へと消えていった。その行方《ゆくえ》を何となく視線で追っていると、手元の鏡から涼やかな声が聞こえてくる。そこでようやくハッと我《われ》に返った黄季は慌《あわ》てて視線を鏡の中の氷柳に合わせた。

「あ、いえ、大したことじゃ……。その、知ってる人がいたので……」

「なぁ、ここ？」

「おー、間違いないんじゃね？」

「っ!?」

表情を変えることなく訝《いぶか》しげな視線を向けてくる氷柳にあたふたと事情を説明していた黄季は、今度は聞き覚えのある声にビクリと肩《かた》を跳《は》ね上げた。反射的に露店の陰《かげ》に身を隠《かく》しながら声の方を窺えば、見覚えがある黒い袍の二人組がこちらへ向かって歩いてくる姿が目に飛び込んでくる。

──まっずい……！

見覚えがあるはずだ。

なぜなら彼らは黄季が毎日顔を合わせている同班同期二人組なのだから。

──民銘と明顕!?　何って二人が揃《そろ》ってここにっ!?

【今度は何だ】

黄季は慌ててその場にしゃがみ込むと、背負っていた籠《かご》を下ろしてコソコソとその陰に身を隠した。身を寄せた露店が偶々《たまたま》似たような籠を商う店だったから、ただ突《つ》っ立っているよりは誤魔化しが利《き》くだろう。店主が怪訝《けげん》な顔をしながら黄季のことを眺《なが》めているが、なりふり構っていられる余裕《よゆう》はない。

「同期が！　いるんです！」

必死に体を縮めた黄季は両手の中に包みこんだ鏡に囁きかけた。対する氷柳はなぜそこまで緊迫《きんぱく》することがあるのかとはっきりと首を傾げている。

「あの二人、俺の家の場所知ってるんです！　顔を合わせたら何してるのかって絶対疑問に思われるし、上手《うま》く誤魔化せる自信もありません……！」

黄季の自宅は都の中でも端《はし》にあたる場所にある。王城最寄《もよ》りのこの市とは遠く離《はな》れているし、黄季の自宅近くに市が立たないわけでもない。祓師寮時代からの友人である民銘は、黄季が自宅近くの市で日々の買い出しを済ませていることも知っているはずだ。

家族亡《な》き後、黄季が独りで暮らしていることは民銘も明顕も承知しているから、買い出しに来ていること自体は不自然ではない。だが今この時間に、この市で買い出しをしていることは不自然極《きわ》まりないはずだ。

——二人と別れてから一旦《いったん》家まで戻《もど》って、またここまで来たって話になると時間の計算が合わない気もするし……！

『頼《たの》むから気付かないでくれ〜！』と祈《いの》りながら、黄季は籠の陰からひっそりと二人の様子を窺う。対して二人は黄季が隠れた露店へ視線を向けることもなく、二人で何事かを相談しながら人波の中を歩いていた。

そんな二人の足が、先程《さきほど》浄祐が消えた細路地の前でピタリと止まる。民銘が手にした紙《し》片《へん》と細路地を交互《こうご》に見遣《みや》った二人は、視線を合わせて真剣《しんけん》な表情で頷《うなず》き合うとスルリと細路地の中へ足を踏《ふ》み入れた。

──何があるんだろう？

二人の後ろ姿を見送りながら、黄季はそっと首を伸《の》ばす。だが細路地の先は左右の露店からはみ出した商品の陰に隠れてほとんど見通しが利かない。入り込んだ二人の姿も、その前に踏み込んでいった浄祐の姿も、そもそも路地の先の様子さえ、黄季がいる場所からは知ることができなかった。

──個人的な買い物って雰囲気じゃなかったな。何か深刻そうな顔してたし。

二人が表通りに戻ってくる気配がないことを確かめてから、黄季はソロソロと体を起こした。相変わらず黄季に不審《ふしん》そうな視線を向けてくる露店の店主に愛想笑《あいそわら》いとともに会釈《えしゃく》をしながら人波の中に踏み出した黄季は、無意識のうちに細路地へ足を向けながら二人の様子を思い返す。

――もしかして、何か任務、とか。

そこに思い至った瞬間、黄季の足はピタリと止まってしまった。

人の流れに乗ることをやめてしまった黄季を、周囲の人間は迷惑《めいわく》そうに避《よ》けて歩く。だが黄季はその場から改めて一歩を踏み出すことができなかった。

だって、黄季が今思い至った理由が、真実であるならば。

――俺だけ帰されたってことだ。

翼編《よくへん》試験を経て位階を拝受するまで、新人は基本的に三人一組の班で同じ仕事を割り振《ふ》られる。同じ班に割り振られた人間は、同じ日に休みを取り、同じ時間に出仕して、同じ時間に退出する。定期修祓《しゅうばつ》担当の日に当たれば三人バラバラの現場に派遣《はけん》されて単身で行動することはあるが、最後は合流して揃って泉仙省《せんせんしょう》に報告に上がり、先輩《せんぱい》達に退出許可を与《あた》えられて揃って退出というのが常だ。今日だって三人揃って報告に上がり、その後に黄季は二人と別れて氷柳の屋敷《やしき》に向かった。

そんな二人が黄季の知らないところで任務に従事しているというならば、それは黄季だけが意図的に帰されたということを意味している。黄季がいては足を引っ張ると判断されたから、明顕と民銘だけがいる場所で任務を下されたということだ。

その事実に行き着いてしまった黄季は、肩にかけた籠の背負い紐《ひも》をギュッと握《にぎ》りしめると口元に小さく笑《え》みを浮かべた。

──落ちこぼれって、自覚はしてるけどさ。

さらに言えば、同班の二人が、他《ほか》の同期達に比べても実力的に頭ひとつ抜けていることも知っている。

明顕はその才の高さから呪術《じゅじゅつ》大家に引き取られ、退魔師《たいまし》になるべくして育てられた秘蔵の弟子《でし》だという話だし、民銘は祓師寮時代からずば抜けた結界呪の腕前《うでまえ》を評価されてきた人間だ。滑《すべ》り込みで何とか泉仙省に採用された黄季とは実力が段違《だんちが》いということは分かっていたし、班同士の実力の差をならすために二人が黄季と組まされているのだということも、何となく察してはいた。むしろそんな足手纏《あしでまと》いと組まされているというのに、二人ともよく黄季を邪険《じゃけん》に扱《あつか》うことなく仲良くしてくれているものだなと、他人事《ひとごと》のように感心してしまっている自分もいる。

──そこまで分かっていても、やっぱり、こう……グサッと来るもんなんだな。

今朝の現場で、慈雲から『お前も翼編試験を受けてもいい』と言われて、無自覚に浮かれていたのかもしれない。こんなことではそのうち、無自覚の驕《おご》りに足を掬《すく》われる。

──むしろ、良かったじゃないか。今この時点でその事実を知れて。

黄季はグッと奥歯を噛《か》み締《し》めてから、そっと背負い紐を握りしめていた手を離した。酷《ひど》いことになっていたであろう顔に何とか笑みを取り繕《つくろ》って手の中の鏡に視線を落とせば、変わることなく氷柳は煙管《キセル》を片手に黄季のことを見つめている。

「すみません、何とかやりすごせたみたいです」

ニコッとあえて明るく笑う。だが鏡の向こうの氷柳は表情を変えない。普段《ふだん》と変わるはずがないその反応が、何だか救いのようでもあり、同時に何かを責められているような心地《ここち》もした。

——氷柳さんは、泉仙省での俺を知らない。だから『責められている』なんて感じるのは、俺の心の中にそういう負い目があるせいだ。

「余計な時間を喰《く》っちゃいましたね！　急いで買い物終わらせて戻ります」

そう分かっていても氷柳の視線を受け止め続けられなかった黄季は、顔を上げると細路地に背を向けるように身を翻《ひるがえ》した。不思議なことに件《くだん》の路地に背を向けてしまえば、凍《こお》りついたように動きを止めていた足はスルリと抵抗《ていこう》なく動きだす。足さえ進めば、食材を扱う店はすぐそこだ。

「そういえば氷柳さん、甘い物って好きですか？　あ、いえ、そもそも、食べたことってあります？」

見なかったことにしよう、と黄季は心に決めた。そうしなければ明日《あした》、二人と顔を合わせた時にどんな顔をすればいいのか分からない。二人だけに任務が下ったことを打ち明けられても、黙《だま》ったままにされても、平静でいられる自信がなかった。

——平静でいられるようにならなきゃ。

きっとこれからもこういう場面は増えてくる。平静でいられるようにならなければ、黄季は二人と同じ場所には立っていられない。一人だけ任務から外されたことへの複雑な感情よりも、二人とともにいられなくなることへの寂《さび》しさの方が黄季の中では強いのだから。

「もしも果物とか、お菓子《かし》とか好きなら……」

鏡に視線を向けられないいまま、黄季は勝手に言葉を紡《つむ》ぎ続ける。

その瞬間《しゅんかん》、ゾクリと嫌《いや》な冷気が背筋を駆《か》けた。

「っ⁉」

——妖気《ようき》っ⁉

陽の気が強い市の雑踏《ざっとう》の中で感じるはずがない気配に、黄季は反射的に気配の出所を求めて首を巡《めぐ》らせる。

——ここまではっきり感じられるなんて、相当強い妖怪《ようかい》がいるんじゃ……⁉

無意識のうちに身構えながら、黄季は周囲へ気を凝《こ》らす。

その瞬間目についたのは、人波を押しのけてこちらへ進んでくる一団だった。一目で道を踏み外した男達の集団だと分かる一行は、肩《かた》で風を切り、各々《おのおの》手にした柳葉《りゅうよう》刀や棒を見せつけ、周囲を威圧《いあつ》して雑踏を割りながらこちらへ進んでくる。

だが黄季の目が彼らに吸い寄せられたのは、いかにも柄《がら》が悪そうな雰囲気《ふんいき》に恐《おそ》れを抱《いだ》いたから、という理由ではない。

「氷柳さん」

周囲の人間が一歩脇《わき》へ避ける動きに合わせて身を引きながら、黄季はそっと一団へ鏡を向けた。それだけで黄季が訴《うった》えたいことが分かったのか、鏡の中からわずかに険を帯びた声が響《ひび》く。

【あの陰《いん》の気は異常だな】

「ですよね」

妖怪がいるのかと思わず黄季が身構えた陰の気を発していたのは、そのゴロツキ達だった。その数、総勢六名。暗い目つきに陰険で凶暴《きょうぼう》な笑みを浮《う》かべた一行は、周囲に割れた人々などには目もくれず、明らかに何か目的がある足取りで市の中を進んでいく。

——元々、裏社会に足突《つ》っ込んだ人間とか、病気がちな人とか、纏《まと》う気が陰に傾《かたむ》きがちな人はいるけども。

気というものは、世界や生物の体を巡る力のことだ。呪術師は特に大地に流れる気の力を地脈と呼び、その力を己《おのれ》の霊力《れいりょく》で引き出して術を行使する。

世界に流れる気も、生物の中を巡る気も、基本的に何もなければ陰にも陽にも傾いてはいない。

地脈の場合は人が集まって活気が生まれれば陽に、戦《いくさ》や大量の人死に、陰惨《いんさん》な事件などが起きれば陰に傾く。生物の気の場合は『喜』や『楽』が強ければ陽に、『怒《ど》』や『哀《あい》』

が強かったり、気鬱《きうつ》や傷病を負ったりすると陰に傾きがちだ。地脈と生物の気は互《たが》いに影《えい》響《きょう》もしあっていて、人々の強い陰の気が土地を陰に傾けることもあれば、陰の気が強い土地に移り住んだばかりに陰の気が体内に凝《こ》って体調を崩《くず》してしまう場合もある。その陰の気が凝り固まって生まれるのが妖怪で、黄季達泉《せん》部《ぶ》の退魔師はこの妖怪が生まれてこないように土地の陰の気を祓《はら》い、生まれてしまった妖怪が人々を害するよりも早く退治することを使命としている。だから落ちこぼれとみなされる黄季でも、土地や人が纏う陰の気には敏《びん》感《かん》だ。

──あの陰の気は、ヒトが纏うには濃《こ》すぎる。

視線を合わせないように気を付けながら一団を観察した黄季は、一行の行く先を視線で追った。

このまま通りを抜《ぬ》けていくのかと思った一行は、何やら露《ろ》店《てん》の前で足を止めている。一瞬、どこかの店にイチャモンでもつけ始めたのかと思ったが、どうやらそうではないらしい。

そっと首を伸《の》ばした黄季は、一行が見ている先を確かめて目を丸くした。

──あの細路地？

黄季が見つめる先で互いに視線を交《か》わしあった一行は、両側の露店の商品を払《はら》い除《の》けながら路地へ踏《ふ》み込んでいく。

最後の一人が路地へ消えていった瞬間、黄季は考えるよりも早く路地の入り口へ駆け寄った。

「氷柳さん」

【何かあるな】

相変わらず路地の先は見通すことができない。だが黄季が路地の奥へ向かって鏡を向けると氷柳は硬《かた》い声を上げた。その声にひとつ頷《うなず》いた黄季は、先程《さきほど》は踏み込むことができなかった路地の先へ勢いよく飛び込んでいく。

——最初に魏上官が入って、次に任務中らしき明顕と民銘。その後を追うようにあの一行が入った。

ただの偶然《ぐうぜん》だとは思えない。この先には必ず何かがある。

それに退魔師として捨て置けないという感情以上に、黄季には同期二人を案じる気持ちがあった。

異常な陰の気を抱《かか》えてしまった人間は、時に妖怪のように凶暴化して人を襲《おそ》うことがある。妖怪であれば容赦《ようしゃ》なく退魔術をぶつけて祓えばいいだけだが、一般《いっぱん》人が陰の気に巻かれている場合は相手の保護も考えなければならないから色々厄介《やっかい》だ。

それに加えて今回の場合、陰の気に巻かれている人間がゴロツキという荒事《あらごと》に慣れた集団であるというのが厄介事に拍車《はくしゃ》を掛《か》けている。

元が荒っぽいだけに、純粋《じゅんすい》な暴力勝負に持ち込まれたらただの退魔師《たいまし》では勝ち目が薄《うす》い。退魔師は必要に応じて物理的な戦いも学ぶが、あくまで本領は妖怪退治だ。場馴《ばな》れした先《せん》輩《ぱい》退魔師達ならまだしも、新人二人で陰の気に染まった得物持ちのゴロツキ集団を相手取るのは分が悪すぎる。おまけに相手は六人全員武装済み、対してパッと見た感じ、同期二人は武器らしい武器を持っていなかった。どう考えても鉢合《はちあ》わせしたら二人の命が危ない。

――明顕はいいトコに引き取られた秘蔵っ子だから拳《こぶし》での喧嘩《けんか》はしたことないだろうし、民銘は体術の成績悪かったし……！

退魔師として落ちこぼれの黄季が加勢したところで事態が好転するとは思えない。だが同期二人が危機に瀕《ひん》するかもしれない場面に出くわしておいて知らんぷりをすることなど、黄季にはできなかった。

――先に行った魏上官と二人が一緒《いっしょ》に行動してるならそれでいいし、ゴロツキ集団が二人と鉢合わせしてなければそれが一番いい。だけど、もしもそうじゃないなら……！

何もないことを祈《いの》りながら、黄季は足音を忍《しの》ばせて足早に路地の奥へ進む。

黄季が路地へ分け入った瞬間、先を行く一行の最後尾《さいこうび》についた人間の背中が見えた。その背を見失わないように、所々に乱雑に詰《つ》まれた箱や甕《かめ》の陰《かげ》に身を隠《かく》しながら、黄季は一定の間隔《かんかく》を空けてゴロツキ達を追いかける。

この先に開けた場所がある。どうやらそこが陰の気の吹《ふ》き溜《だ》まりになっているようだ。

まだ忌地《いみち》と呼べるほどの力場ではないが、市の近くという立地は見過ごせない】

不意に氷柳の声が聞こえた。鏡を胸元《むなもと》に引き寄せた黄季は、追いかける背中から視線を外さないまま氷柳の声に答える。

「分かるんですか？」

【都の中ならば、ある程度までは屋敷《やしき》の中からでも地脈の流れを読むことができる。場所が分かっていれば、感覚を同期させて詳細《しょうさい》を読み解くことはたやすい】

「……それ、たやすいって言えるの、氷柳さんくらいだと思いますけど」

【私の屋敷を訪《おとな》うことができているのだから、多少はお前もできているはずだ】

──規模と精度が違《ちが》う上に、それをお屋敷の中から遠隔で瞬時にやってるわけですから、やっぱり規格からして違うと思うんですけども。

【どうやらその吹き溜まりの浄化《じょうか》のために退魔師が訪《おとず》れているようだな。術が動く気配がある。人数は二人。気配はそれだけだ。他《ほか》に人はいない】

氷柳の物言いに内心でツッコミを入れていた黄季は、続けられた言葉にハッと息を呑《の》んだ。

──やっぱり、二人は任務で……！

二人の気配しかないということは、浄祐は同行していないということだ。新人が二人だけ、しかも土地の修祓《しゅうばつ》に集中している背後からいきなり倍以上の人数で襲われたら、あの二人に為《な》す術《すべ》はない。

「氷柳さん、ゴロツキ一行が向かってる先って」

【今までの動きから見るに、吹き溜まりに直行している】

——どうにかして止めなきゃ！

黄季は身を潜《ひそ》めていた荷の陰から飛び出すと一気に一行との距離《きょり》を詰めた。鏡を握《にぎ》っていない方の手は無意識のうちに背に負った籠《かご》の背負い紐《ひも》を摑《つか》み、籠を片手でぶら下げるように構えている。

その瞬間《しゅんかん》、角を折れた一行は長い直線の道に足を踏み込んでいた。黄季の視線の先に最後尾から先頭まで六人の背中が並ぶ。

「っ！」

その光景を見た瞬間、黄季は考えるよりも早く背負い紐を摑んでいた腕《うで》を縦に大きく回して勢いをつけてから籠を宙へ放《ほう》り投げていた。下から山なりに放り投げられた籠は一行の頭上を飛び越《こ》え、先頭を進んでいた人間よりも先の路地に落ちる。

いきなり進む先に籠が落ちてきた一行は、ピタリと足を止めると黄季を振《ふ》り返った。目の前に予期せぬ落下物が現れ、背後に把握《はあく》していなかった追跡者《ついせきしゃ》がいれば声を荒らげて驚《おどろ》きそうなものなのに、一行は無言のまま誰一人《だれひとり》としてそんな気配を見せない。動きはどこか緩慢《かんまん》で、濁《にご》った目はただただ黄季に憎《にく》しみめいた感情を向けてくる。

その反応の異常さに、黄季は思わずジリッと一歩後ろへ下がった。

【浄祓呪《じょうばつじゅ》で陰の気を浄化するしかない。結界呪で纏めて祓うには陰の気が濃すぎる。妖怪《ようかい》に攻撃《こうげき》呪を直接ぶつける感覚で一人ずつ落としていかなければ、目の前の相手に対処している間に他に囲まれる人数差だ】

「直接、ぶつけるって……」

氷柳が言っている意味は理解できる。

現状、道幅《みちはば》が狭《せま》くていきなり囲まれるということはないが、状況《じょうきょう》が一対六であることに変わりはない。この人数差だと結界呪を展開しようと呪歌詠唱《じゅかえいしょう》を始めた時点で袋叩《ふくろだた》きに遭《あ》うのが目に見えている。かと言って黄季には省略詠唱や無詠唱展開ができるほどの技量はない。土地を浄化する要領で、結界で範囲《はんい》を限定して浄祓呪を展開するのではなく、個別に浄祓呪をぶつけて一人一人正気に戻《もど》していくしかない。

だが、それは。

──俺から、攻撃に打って出るってこと。

妖怪ではなく、人間を相手に。

下手に攻撃を当ててしまえば、脆《もろ》く死んでしまう、生身の、生きている人間を相手に。

そう思い至った瞬間、無意識のうちに結印していた手が震《ふる》えた。

『黄季』

同時に、耳の奥に、あの懐《なつ》かしい声が響《ひび》く。

──違う。

スッと冷えていく指先が、カタカタと震え始める。全身の血の気が下がって、意識は過去に飛ばされていく。

『黄季、お前は……』

──違う、違う……！

あの言葉は、こんな場面で黄季の足を引っ張るために掛けられたものではない。分かっている。分かっているのに。

【おいっ！】

その瞬間、寒雷《かんらい》のような声が黄季の意識を叩《たた》いた。

ハッと我《われ》に返った黄季は反射的に体を半身に捌《さば》いていた。その動きで空いた空間を突《つ》き出された棒が薙《な》いでいく。

【何をボサッとしているっ⁉　結界呪以外の浄祓呪の展開も、屋敷での実地ではできていただろうが！】

襲いかかってきた男を、黄季は体の動きだけで捌くと一度大きく後ろへ下がって距離を取った。そんな黄季の動きが鏡に映り込む周囲の景色だけで分かるのか、いつになく荒い氷柳の声が黄季の耳を叩く。

だがそれでも黄季の唇《くちびる》はわななくだけで、肝心《かんじん》な呪歌の歌い出しの一音さえ出てきてくれない。

【難しく考えるな。基本の浄祓呪でいい。当てられれば問題ない。冷静に対処を……】

「分かっています！」

そう、分かってはいるのだ。

為すべきこと。必要な呪歌。頭の片隅《かたすみ》で、冷静にそれらを分析《ぶんせき》している自分がいる。

それなのに、黄季がそれらを行使できないのは……

「っ……！」

再び振るわれた棒を今度は上半身の動きで避《さ》ける。凶暴《きょうぼう》化したゴロツキの攻撃とはいえ、黄季には相手の動きがしっかりと見えていた。これくらいの動きならば黄季の敵ではない。

そう思った矢先、黄季は目の前よりも先……一行の先頭側にいた人間達の動きに息を詰めた。

どうやら一行は当初の目的を忘れてはいなかったらしい。黄季に興味を失ったかのように、先頭側三人は黄季が放り投げた籠を踏《ふ》みつけて先へ進もうと動き出す。その手にはいつの間にか鞘《さや》が払《はら》われた抜《ぬ》き身の柳葉《りゅうよう》刀が握られていた。路地に差し込む微《かす》かな光をギラリと反射する刀身は、無機物でありながら確かに殺意を漂《ただよ》わせている。

——このまま、あいつらが先へ行くことを許したら。

その刀身が振るわれる先は。あの殺意が向けられる先は。

黄季の大切な、同期達なのだ。

「っ！」

真っ赤な幻覚《げんかく》が視界を焼く。

その瞬間、黄季は考えるよりも早く手にしていた鏡を宙高く放り投げていた。同時に体を捌きながら一歩前へ踏み込み、棒を突き出してきた男の手首を取る。

黄季が触《ふ》れた手に少し力を込めただけで、目の前の男の体はあっさりと触れ合った手首を中心に縦に回転した。さらに地面に叩きつけられた男の手から棒を掠《かす》め取った黄季は、自分を中心に棒を一回転させて残りの二人も薙ぎ払う。

巨体《きょたい》が地面や壁《かべ》に叩きつけられる鈍《にぶ》い音に残りの三人が振り返った時、黄季はすでに地面を蹴《け》って前へ飛び出していた。狙《ねら》いの先の男が手にしていた柳葉刀を構えるよりも早く黄季が手にした棒が男の鳩尾《みぞおち》に突き刺《さ》さり、男の体は為す術もなく後ろへ吹《ふ》き飛ばされる。

その瞬間には残り二人の首筋と顎下《あごした》を棒の両端《りょうたん》が捉《とら》えていた。黄季が体の軸《じく》の回転を利用して棒を振り抜けば、残り二人も手にした武器を構えることさえできないまま呆気《あっけ》なく壁に叩きつけられる。

放り投げた鏡が再び黄季の手に収まった時、あれだけ黄季が浄祓呪をぶつけることを躊躇《ためら》っていた一行は全員揃《そろ》って地面に伸《の》びていた。ユルリと息を吐《は》きながら全員の意識が落ちたことを無意識のうちに確認《かくにん》していた黄季は、そこでようやくハッと我に返る。

「え、あ……っ」

その瞬間、震えが戻った指先から、握っていた棒がスルリと落ちた。カランッと虚《むな》しく響いた音は、立つ者が消えた路地の静寂《せいじゃく》を際立《きわだ》たせる。

——俺、今……

一瞬、だった。それを自分が成したということに、違和感《いわかん》はない。むしろ『これくらいのことはできて当然』と冷めた感情さえ心のどこかにはある。

退魔師《たいまし》として落ちこぼれでありながら、それでも黄季が滑《すべ》り込みとはいえ泉仙省泉部《せんせんしょうせんぶ》退魔師に起用された理由。

その全《すべ》てが、今の一瞬にある。

——でも……でも、俺は……

【戯《たわ》け】

指先の震えが止まらない。

その瞬間、スッと氷の刃《やいば》を差し込まれたかのように低く言葉が響いた。静かなのに圧が込められた声に黄季は肩《かた》を跳《は》ね上げながら慌《あわ》てて鏡に視線を落とす。

【なぜ浄祓呪の行使を躊躇った。お前の技量を考えれば、捌けない状況ではなかったはずだ】

両手で握り直した鏡の中では、氷柳が黄季に真っ直《す》ぐ視線を据《す》えていた。その顔《かんばせ》に相変わらず表情は見えないが、黄季を見据える瞳《ひとみ》にはいつになく鋭《するど》い光が宿っている。

【そんな心構えで現場に立てば、遠からず命を落とすぞ】

「申し訳、ございません……」

氷柳の言う通りだ。

捕物《とりもの》現場は、命の取り合いの場。覚悟《かくご》がない人間から消されていく。だから、覚悟ができない者は、そもそも現場に立つべきではない。自分が命を落とすのは自業自得《じごうじとく》だが、そんな人間と同じ現場に立たされたせいで他《ほか》の人間にまで危害が及《およ》んでは目も当てられない。戦えない人間が場にいることは、それだけで明確に『害』だ。

──やっぱり、俺は……

鏡を握《にぎ》りしめた手に余計な力がこもって、カタカタと手が震えていた。心の奥底からフツフツと湧《わ》き上がる色の違《ちが》う感情が入り交じって折り合いをつけることができない。

あの『声』が紡《つむ》いだ願いを守りたいならば、黄季は戦うべきではない。落ちこぼれで、それ以前に戦う覚悟が決まらない自分は、こんな場所にいるべきではない。

──それでも、俺は……

全てを失ってしまったあの日、心に抱《いだ》いた願いを叶《かな》えるために、戦う道を諦《あきら》めたくはない。

【……お前】

謝罪の言葉を紡いだだけでうつむいてしまった黄季に、変わることなく冷たい声が浴びせかけられる。

──叱《しか》られる……！

いや、叱られるのは当たり前だからまだいい。

本当に聞きたくないのは、否定。『そのような体《てい》たらくならば、退魔師など辞《や》めてしまえ』と、他でもない氷柳から言われてしまうことが、今の黄季には何よりも怖《こわ》い。

反射的にビクリと肩を震《ふる》わせた黄季は、目をつむるとギュッと体を縮めた。

そんな黄季に、氷柳は淡々《たんたん》と告げる。

【攻撃《こうげき》というものが、ただ相手を降《くだ》すためだけの行為《こうい》だと思っていないか？】

「……え？」

一瞬、何を言われたのかよく分からなかった黄季は、ソロリと目を開くと鏡の向こうの氷柳を見つめた。変わることなく黄季を見つめた氷柳は、わずかに目をすがめながら変わらない口調で言葉を続ける。

まるで実地訓練中に黄季へ所感を伝える時のように。

【攻撃という行為の中には、己《おの》が身を守るという意味合いもある。己《おのれ》と、己が守りたいモノを守るために力を振《ふ》るうことは、一方的な蹂躙《じゅうりん》、暴力とは話が違う。お前は、振るわれ

た暴力を打ち払うために振るわれた力を『一方的な暴力』だと思うか？】

「い、いえ……」

【ならば今、お前が行使した力だって、そういう類《たぐい》のものではないということだろう】

淡々と、聞きようによっては突き放されていると感じるくらいに、冷めた声音《こわね》と語調。

だがその内容は、攻撃に躊躇いを見せる黄季の心をほぐす、的確な助言だった。

【退魔師が討伐《とうばつ》現場で振るう攻撃呪《じゅ》というものは、大抵《たいてい》『守るための攻撃』だ】

「守るための、攻撃……」

【その意味を、今一度よく考えるように】

本日の実地訓練はここまで、と続きそうな口調で氷柳は言葉を締《し》め括《くく》った。そんな氷柳に黄季は思わず目を瞬《またた》かせる。

——え、……それ、だけ？

絶対に、否定されると思っていた。だって今の黄季は、現場に立つ退魔師として致命的《ちめいてき》な失態を晒《さら》してしまったのだから。

だというのに氷柳は、鏡を見つめたまま固まった黄季に胡乱《うろん》げな視線を返してくる。先《さき》程《ほど》あったことなど、もう忘れてしまったかのように。

【何だ】

「あ、え、……っと」

その驚《おどろ》きをどう言葉にして伝えればいいのか分からない。

だが結局黄季がその場で言葉を口に出すことはなかった。

「おー、さすが鶴黄季だな」

「っ⁉」

この路地裏で聞こえるはずのない声が、いきなり背後から黄季の名前を呼んだから。

「お、恩長官？」

黄季は反射的に鏡を懐《ふところ》に突《つ》っ込んで隠《かく》すと声の方を振り返った。

路地裏の暗がりでも分かる、浅青の袍《ほう》。微《かす》かに揺《ゆ》れる佩玉《はいぎょく》は泉部長官を示す翡翠《ひすい》。上品な装束《しょうぞく》に身を包んでいながら、腕《うで》を組んで肩を壁に預けるという行儀《ぎょうぎ》の悪い格好で、恩慈雲泉仙省泉部長官はそこに佇《たたず》んでいた。ニヤリと笑った口元は長官として振る舞《ま》っている時よりもどこか砕《くだ》けていて、気さくな雰囲気《ふんいき》は上司というよりも近所の兄貴分達と相対しているかのような心安さを感じさせる。

それでも黄季は無意識のうちにジリッと両足で地面を踏《ふ》みしめて身構えていた。

──何でこんな場所に、恩長官がいるんだ？

確かに慈雲は今でも大規模案件があれば現場で技《わざ》を振るう泉仙省屈指《くっし》の退魔師であると聞いている。だが長たる慈雲が直々に出張るような現場が今の都にあるとは思えない。新人組に任せてしまえる現場に慈雲が現れるなど、どう考えても状況《じょうきょう》がおかしい。

――今朝の現場でもそうだった。一日に二回も連続で、偶々《たまたま》こんなことが起きるなんて、あるはずがない。

「……なぜ長官が、こんな場所に？」

「最近、この辺りは気の流れが特におかしくてな」

黄季が警戒《けいかい》を露《あら》わにしていても慈雲が浮《う》かべた笑《え》みは消えなかった。壁から肩を離《はな》した慈雲は、実に気安い様子で黄季に向かって歩を進め始める。

「泉仙省全体で、監視《かんし》の目を強めてるんだわ」

「それにしたって、長官自らが出張ってくる必要性は」

「生憎《あいにく》、泉仙省は常に人手不足だ。大乱で腕が立つ人間は軒並《のきな》み狩《か》られて、下が育ち切るにはまだ時間がかかる」

慈雲は伸《の》された男達を間に挟《はさ》んで黄季と相対する位置で足を止めた。変わらず笑みを浮かべ続ける慈雲の顔からは内心を読み解くことはできない。

「今回は助かった。お手柄《てがら》だな、黄季」

「……いえ」

言葉少なく答えながら、黄季はじっと慈雲を見つめ続ける。対する慈雲も黄季から視線を逸《そ》らそうとはしなかった。

――お屋敷《やしき》周りの気の巡《めぐ》りがおかしくなっているとは、氷柳さんも言っていた。

屋敷の正確な場所までは分かっていないが、この市からそう遠くはない場所に屋敷があることくらいは分かっている。慈雲と氷柳の発言を照らし合わせれば、気の流れがおかしいということに間違いはないのだろう。

――でもその理由って、一体何なんだろう？

氷柳はその要因が黄季の実地訓練にあると言っていた。だが、本当に理由はそれだけなのだろうか。たったそれだけで泉仙省泉部長官《せんせんしょう》が密《ひそ》かに出張ってくるほどの乱れが、ここに生まれるものなのだろうか。

――それに……

「じゃあ、こいつらの後始末は俺が引き受けるから、お前はもう帰んな」

視線を慈雲から逸らさないまま、黄季は静かに考えを巡らせる。慈雲もそんな黄季から視線を逸らさないいまま、何かを面白《おもしろ》がっているかのように目を細めた。

「お前がこいつらをどう制圧したのか、同期達には知られたくねぇんだろ？」

その言葉に、黄季の肩《かた》が小さく跳《は》ねる。

結局、先に視線を逸らしたのは慈雲の方だった。足元に伸びた男達に視線を落とした慈雲は、行儀悪《ぎょうぎわる》くしゃがみ込みながら男達の様子を観察する。

「急所を一撃。そうでありながらきちんと手加減もされてる。鮮《あざ》やかの一言だな。さすがは『鶴《ばん》の麒麟児《きりんじ》』ってか」

「長官」

反射的に、硬い声が飛んでいた。その声に顔を上げた慈雲はまたニヤリと笑みを深める。

呼びかける声が硬くなったのは、決して軽々しく口にしてほしくない『事情』に慈雲が足を突っ込みかけたからだ。

泉仙省入省にあたって、必要性があったから慈雲にだけ伝えた、黄季が抱《かか》えた『事情』。軽々しく口に出すべきではないと理解してくれている慈雲が今あえてその二つ名を口にしたのは、分かりやすく黄季を牽制《けんせい》してこの場から撤退《てったい》させるためだろう。

──これ以上、長官側の事情に口を突っ込むなって、分かりやすく牽制されたんだ。

「ほら、行った行った。こいつらの浄祓《じょうばつ》はきちんと俺が責任持ってやっとくから」

さらに重ねてそう言われてしまえば、黄季に反論できる余地はない。

黄季は深く息をつくことで意識して体の緊張《きんちょう》を解いてから、ペコリと慈雲に頭を下げた。

「失礼します」

「おう、お疲《つか》れ」

ヒラリと片手を上げた慈雲の姿を確かめてから、黄季は慈雲の傍《かたわ》らを擦《す》り抜《ぬ》けるようにしてその場を後にする。そんな黄季の動きを慈雲の視線が追っていたことは分かっていたが、あえて黄季は気付いていない振りをした。

「そうだ、黄季」

だが慈雲の方が、そんな黄季を振り返らせる。

「お前の師匠《ししょう》にも、よろしく伝えてくれ」

思わず体ごと振り返った先にいた慈雲は、倒《たお》れ伏《ふ》した男達に背中を向け、黄季の方へ体を向けていた。

まるで黄季こそが、真の獲物《えもの》であると思っているかのように。

「まぁ、お前が伝えてくれなくても、直《じか》に伝わってるとは思うけどな」

「……っ！」

──まさか、今ここに氷柳さんと繫《つな》がってる『水鏡《すいきょう》』の鏡があることに気付いて……!?

黄季はとっさに慈雲に背中を向けると、全力でその場から逃《に》げ出していた。

その背中に慈雲が獰猛《どうもう》な笑みを向けていると、知っていながら。


【まぁ、お前が伝えてくれなくても、直に伝わってるとは思うけどな】

闇《やみ》に閉《と》ざされた水盤《すいばん》の向こうから聞こえてきたのは、聞き覚えのある声だった。

自分が知る数少ない聞き覚えのある声の中、さらに『懐《なつ》かしい』と好意的に捉《とら》えられる稀少《きしょう》な声。

だがその声に氷柳は、寝椅子《ねいす》から身を乗り出して水盤を見つめたまま険しく瞳《ひとみ》をすがめている。

――やはり、慈雲か。

自分を捜《さが》し回っている存在がいるということは、黄季の帯飾りの細工に気付いた時から知っていた。

あの帯飾りに刻まれていたのは探索呪《たんさくじゅ》だ。ある特定の霊力《れいりょく》を察知すると、術式を刻んだ者のところへ反応を返す類《たぐい》の代物《しろもの》。

術というものは、組み方や力の巡らせ方に行使者の癖《くせ》が出る。誰《だれ》かが一から理論を組み上げた独自の術式ならばなおさらだ。

氷柳の霊力に反応するように組まれたあの術式には、懐かしい同期の手癖が見えた。八年前まで毎日のように顔を合わせ、行動をともにしていた三歳年上の同期の手癖は、そうそう忘れるものではない。

――細工を施《ほどこ》した帯飾りを持った部下達が、細工に気付かないまま出歩くことにより、一人で当て所《ど》なく捜すよりも効率的に私の存在を捜すことができる、ということか。

随分《ずいぶん》大規模に捜されたものだと、氷柳はどこか他人事《ひとごと》のように考える。慈雲でなければ思いつくこともなく、また実行もできない手段だとも思った。

同時に、八年前に袂《たもと》を分かつことになった相手が今は泉部《せんぶ》の長であるという事実に、少しだけ言葉にできない感情が心の奥底を転がったような気がした。

「慈雲」

ポツリとこぼれた言葉は、きっと黄季には伝わっていないだろう。声がか細く頼《たよ》りなかったからではなく、混乱して現場から逃げ出すように撤退した黄季には今、氷柳の声を拾い上げられるほどの余裕《よゆう》がないだろうから。

そう、黄季が周囲に知られたくない『何か』を抱えているように、氷柳にだって黄季に知られたくないことがたくさんある。

「私が、まだそちら側にいられたら」

そっと、水盤の縁《ふち》に向かって指を伸ばす。その動きに合わせて、結《ゆ》わずに流した黒髪《くろかみ》がサラリと石床《いしゆか》へこぼれていった。

「長官就任の祝いくらい、言ってやれたのだろうな」

だがもう氷柳が慈雲に直接祝いを述べてやることはないだろう。

氷柳は、世界を捨てた。かつて自分が身を置いていた世界と縁《えにし》を断《た》ち切り、この屋敷で独り死んでいくことを選んだ。いくらかつて親しかった相手に死力を尽《つ》くして求められようとも、今の氷柳はその声に応《こた》えるつもりは微塵《みじん》もない。

──私の、望みは。

「……」

水盤の縁を這《は》わせていた指をそっと引くと、呪力《じゅりょく》の供給が途切《とぎ》れた水盤はただの水盤に戻《もど》っていった。一度ユラリと波紋《はもん》を広げた水面は、次に像を結んだ時には幻惑《げんわく》の庭の光景を映し出している。

——ここで静かに朽《く》ちて、世界に忘れられるがまま、消えていくこと。

そう在る以外にどうすればいいのか、分からない。何かを望むには、自分は存在が希薄《きはく》すぎる。どうあればいいのか示してくれた存在は、もう随分前に氷柳の前から姿を消してしまった。

ただただ、全《すべ》てに倦《う》んでいる。ここに寝転《ねころ》んだまま、もう何もしたくない。

『勝手な印象ですけど、貴方《あなた》はもう何もかもと戦いたくないから、ここにいるんですよね？』

そこまで考えた瞬間《しゅんかん》、耳の奥に鮮やかな声が蘇《よみがえ》ったような気がした。

思わず氷柳は引き戻そうとしていた指先を中途半端《ちゅうとはんぱ》な位置で止める。

——あれは、慈雲が細工した帯飾りを持たされていた。あれがこの庭に落ちてきたから、私がここにいると慈雲に知られた。

あれは、いずれ必ず慈雲と氷柳の間に縁を繫ぐだろう。そこに本人の意思は関係ない。

慈雲はわずかな縁の糸を決して見過ごさないはずだ。最終的にはどんな手段を用いようとも必ず氷柳の許《もと》へ辿《たど》り着く。その覚悟《かくご》がなければ、慈雲はそもそもこんな方法で氷柳を捜し回ったりはしていない。

——ならば今のうちに、あれは切り捨てておくべきではないのか？

自分は慈雲の声には応えない。すでにそう決めている。ならばあれは、氷柳がこの八年で築き上げた平穏《へいおん》を乱す綻《ほころ》びにしかならないはずだ。そもそも事情を知ったあれ自身が慈雲へ氷柳の身を売る可能性だって否定はできない。

「……」

切り捨てることなど、簡単だ。

あれはまだまだ未熟者。氷柳が屋敷《やしき》を覆《おお》う結界の術式を書き換《か》えてしまえば、この屋敷の場所を特定することもできなくなるような頼りない雛鳥《ひなどり》だ。

そう、氷柳が望めば、いつだってこの関係は掻《か》き消してしまえる。所詮《しょせん》はその程度の縁。

——ならば。

氷柳は宙に彷徨《さまよ》わせていた指先を袂の中に引き戻すと、ゴロリと寝椅子に仰向《あおむ》けで転がった。左手の甲《こう》を目元に置いて瞼《まぶた》を閉じれば、視界は心地《ここち》よい闇に包まれる。

「ならば、今でなくても、いい」

もう少し慈雲の出方を確かめてからでも、対処するのは遅《おそ》くない。やり取りから察するに、黄季は氷柳の事情を知らないなりに何かを察し、氷柳との関係を慈雲に伏せている。

つまり黄季は現状、氷柳を庇《かば》っていることになる。ならば即刻《そっこく》この屋敷の結界を慈雲に突《とっ》破《ぱ》されることはないはずだ。

「……早く帰ってこい、馬鹿《ばか》」

慈雲のこと。黄季が隠《かく》しているらしい事情。不穏《ふおん》な陰《かげ》りを見せる都の気配。

今まで感じたことがない……今までの氷柳ならば感じないままでいられたモヤモヤとした感情が胸の奥に溜《た》まっていくのを感じた氷柳は、無理やり意識を眠《ねむ》りの海に落とすことにした。

「お前が私に言わせたんだぞ、飯がいいって」

ついでに感じるはずのない空腹も感じたような気がして、氷柳はらしくない文句を呟《つぶや》いた。

赤い夕焼けが、都を染める。

その様は、都が血に塗《まみ》れていくようにも、都が大火に呑《の》まれていくようにも見えた。

「ご覧いただけましたか」

逢魔時《おうまがとき》。

昼が夜に呑み込まれていくその時分、赤い光が作り出した濃《こ》い影《かげ》の中、男は密《ひそ》かに囁《ささや》いた。

「ええ……ええ、申し訳ございません。まさかあのような形で横槍《よこやり》を入れられるとは……」

影の中、立ち尽くした影はひとつだけだった。

男は誰かに声をかけているのではなく、己《おのれ》の手のひらの上に載《の》せられた小さな水晶玉《すいしょうだま》に話しかけている。片手に収まる大きさの水晶玉だ。斜陽《しゃよう》が見せる幻影《げんえい》なのか、男が声をかけるたびに水晶玉の中で赤い光がチロチロと舞《ま》う。

「いかが致《いた》しましょうか？　恩慈雲、李明顕、風民銘の三人に加えて、鸛黄季も始末致しましょうか？」

男の他《ほか》に人影《ひとかげ》はない。妖魔《ようま》奇怪《かい》が目覚め始めるこの時分は、大人も子どもも家路を急ぐ。ましてやこんな裏路地の奥は、治安も悪く、大の男でも一人で立ち入るべき場所ではない。

だが男は顔に薄《うす》く笑《え》みを広げたまま、悠然《ゆうぜん》とそこにいる。迷い込んできた風が、フワリと微《かす》かに男が纏《まと》う緋色《ひいろ》の袍《ほう》を揺《ゆ》らした。

「必要ありませんか。確かに、あれは多少武術に秀《ひい》でているだけで、大した障害にはなりそうにありませんからね」

クツクツと、男は喉《のど》を鳴らした。その中には周囲を満たす陰《いん》の気よりもさらに濃い邪気《じゃき》が潜《ひそ》んでいる。

「『海』では必ず、邪魔者達を一掃《いっそう》してご覧に入れます」

魔を招く光と同じ色の装束《しょうぞく》を翻《ひるがえ》しながら、魏浄祐　泉仙省《せんせんしょう》泉部次官補は顔に刷《は》いた笑みを深める。

「どうか私にお任せください。……全ては貴方様のお望みのままに」

その声に応えるかのように、路地裏を陰の気に満ちた風が駆《か》け抜《ぬ》けていった。

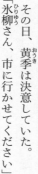

参

その日、黄季《おうき》は決意していた。

「氷柳《ひりゅう》さん、市に行かせてください」

『本日はここまで』の合図の後、いつものごとく寝椅子《ねいす》に体を預けようとしていた氷柳は、その場に正座した黄季に目を瞬《またた》かせた。対する黄季は決意とともに真っ直《す》ぐ氷柳を見据《みす》えている。

「先日の一件、やっぱり気になります。民《たみ》が多く行き交《か》う市近くに陰の気が停滞《ていたい》している状況《じょうきょう》なら、一退魔師として見過ごすことはできません」

黄季が覚悟とともに口を開くと、目を丸くして黄季を見つめていた氷柳は無言のまま目をすがめた。手にはしたものの唇《くちびる》を寄せないまま放置されている煙管《キセル》からゆるゆると紫煙《しえん》がたなびいていく。

「……気になろうとも、先と同じ気構えでいれば、何もできはしない」

ようやく氷柳の唇から紡《つむ》がれたのは、そんな辛辣《しんらつ》な一言だった。

辛辣ではあっても正しい言葉に、黄季は一度キュッと膝頭《ひざがしら》に置いた手に力を込める。そんな黄季の仕草に気付いているのか、氷柳は冷めた瞳《ひとみ》を黄季に据《す》えたままようやく煙管を口元に運んだ。

「最悪、無駄《むだ》死にすることになるぞ」

「理解しています」

氷柳にこういった指摘《してき》を受けるだろうということは、黄季にも予想ができていた。

だが黄季だってただ漫然《まんぜん》とこの数日を過ごしてきたわけではない。

「あの日からずっと、氷柳さんが言っていた『守るための攻撃《こうげき》』という言葉の意味を、考えていました」

ずっと、黄季の中には怯《ひる》みがあった。攻撃すること自体への怯みではない。『攻撃を繰《く》り出すことができる自分』に対する怯みだ。

黄季は、自分が攻撃手段を持たない人間だとは思っていない。むしろ自分には人並み以上の攻撃手段があると思っている。

そんな自分を解放することが、延《ひ》いてはそんな自分が引き起こした結果に周囲が何を思うのかということが、怖《こわ》かった。

だけど。

「多少は、この間とは違《ちが》う気構えができていると、思っています」

そんな自分が引き起こした結果を、氷柳は否定しなかった。それどころか『守るための攻撃』という言葉を教え、遠回しに黄季の力を肯定《こうてい》してくれた。

――多分、氷柳さんにそこまでの意図はなかったんだろうけど、でも。

氷柳は黄季が伏《ふ》せている事情を知らない。あの制圧劇の詳細《しょうさい》だって見ていなかったはずだ。だから恐《おそ》らく退魔師として攻撃呪《じゅ》を紡ぐことができなかった黄季に対してあ言ったのだろうということは分かっている。黄季が感じたことは、所詮《しょせん》は黄季の思い込みだ。

それでも黄季には、自分を肯定してもらえたと思えた。

黄季が振《ふ》るった力は、何かを守るために振るわれた力であると、信じてもらえたのだと思えた。

だからこれが所詮は錯覚《さっかく》であっても、黄季はそれでいい。

「行かせてください」

黄季は重く言い切ると真っ直ぐに氷柳を見据えた。対する氷柳は常と変わらない透明《とうめい》な視線を黄季に据えたまま、ゆるゆると唇を開く。

「……この屋敷《やしき》の中であれば、不測の事態に遭遇《そうぐう》しても、私が助力をしてやれる。だが、外ではそうもいかない。最悪の場合、お前は単騎《たんき》退魔に臨《のぞ》むことになる」

淡々《たんたん》とした、だが重くのしかかる言葉に黄季はグッと奥歯を噛《か》み締める。だが氷柳に据えた視線だけは逸《そ》らさない。

そんな黄季へ、氷柳は問いかける。

「その覚悟《かくご》が、お前にはあるか」

「はいっ！」

間髪《かんはつ》を容《い》れずに返した声は、凛《りん》と幻惑《げんわく》の庭の中に響《ひび》いた。その余韻《よいん》に耳を澄《す》ますかのように、氷柳は黄季に視線を据えたままツイッと目をすがめる。

しばらくそのまま黄季に視線を据えていた氷柳は、やがて呼吸とともに瞼《まぶた》をおろした。

ふぅ、と小さく聞こえた吐息《といき》は、あるいは溜め息だったのかもしれない。

「今日は水餃子《すいぎょうざ》の汁物《しるもの》が飲みたい」

「え？」

「故《ゆえ》に、夕餉《ゆうげ》の支度《したく》に間に合うように帰ってこい。いいな？」

常と変わらない感情の乗らない声で指示を出した氷柳は、寝椅子から立ち上がると屋敷の奥へ身を翻した。買い出し用の金子《きんす》を用意してきてくれるのだろう。思わぬ言葉を受けた黄季はポカンとしたまま氷柳の背中を見送る。

そんな黄季の視線の先で、氷柳がピタリと足を止めた。ユラリと黒髪《くろかみ》を揺らしながら振り返った氷柳は、どことなく不機嫌《ふきげん》そうな顔を黄季に向ける。

「返事は」

「え、……っ、はい！　申し訳ありま」

「本日の夕餉は水餃子の汁物。支度が間に合うように帰宅しろ」

「はい！　承知致しました！」

反射的に拱手《きょうしゅ》を添《そ》えて答えれば、微かに頷《うなず》いた氷柳はようやく屋敷の奥へ姿を消す。

――えっと……。制限時間付きでの許可、ってことで、いいのかな？

思ってもいなかった言葉に面食《めんく》らいながらも、黄季はコクリと空唾《からつばき》を呑《の》み込んだ。

――行かせてくれるってことは、俺の言葉を信じてくれたってことだ。

その事実と重みを噛み締《し》めながら、黄季はゆっくりと立ち上がる。

無意識に握《にぎ》りしめた手に震《ふる》えはなく、先まで血が通った指は温かい。冷気に巻かれて震えることしかできなかった黄季とは、状況が違う。

今の自分ならば、戦える。

「……っし！」

気合いを入れる小さな声は、いつになく強く幻惑の庭の中に響いたような気がした。


「この間氷柳さんが感知した陰《いん》の気の吹《ふ》き溜《だ》まりって、まだ同じ場所に存在している感じですか？」

西院大路《さいいんおおじ》の市は、今日も変わることなく人で賑《にぎ》わっていた。先日よりも時間が早い分、むしろ今日の方が人出は多いかもしれない。

そんな人波の中を泳ぐように進みながら、黄季は手にした鏡に問いかけた。『水鏡《すいきょう》』の呪が施《ほどこ》された鏡には、今日も氷柳の涼《すず》やかに整った美貌《びぼう》が映し出されている。

【先日の場所は祓《はら》われた。派遣《はけん》されていた退魔師《たいまし》は、無事に役目を果たしたようだな】

密《ひそ》やかに響く声に黄季はほっと息をつく。

──良かった。何事もなく終わってたんだ。

『実は黄季が帰ってから急に魏《ぎ》上官に呼び止められて、仕事押しつけられちゃってさー』という話は、実は事件の翌朝に顔を合わせた時に真っ先に聞かされていた。『黄季帰んの早すぎなんだよ』『巻き込もうと思って捜《さが》し回ったのに、影《かげ》も形もなかったから俺ら二人でやることになったじゃん』とブーブー文句を言われたことがちょっと嬉《うれ》しかったというのは、二人には秘密にしておこうと思った黄季である。

──二人が無事だったってことは分かってたけど、任務の首尾《しゅび》に関してまでは訊《き》けなかったから気になってたんだよな。

何事もなく終わって良かったと心の底から安堵《あんど》するのと同時に、黄季の中では何か引っかかりも生まれていた。

──魏上官からの仕事、か……。

魏上官から急に任務を与《あた》えられて二人は現場に向かった。その任務を与えた当人がその場にいたのに、二人には同行していなかった。さらには同じ現場には慈雲《じうん》までいた。

これは明らかに不自然ではないだろうか。

――気の乱れの原因は、一体何なんだ？

西院大路という都の中でも屈指《くっし》の陽が集まる場所で、自然発生的に陰が強まるとは考えにくい。陰を集めるような出来事があったという話も耳にしていない。だから今の状況《じょうきょう》には何らかの原因があるはずなのだ。

――氷柳さんのお屋敷が周囲から断絶されていたことによって、周囲の気の流れは元から乱れていた。そこで俺が実地訓練をするようになって、さらに流れが変わったっていうのが氷柳さんの話だったけど……

そもそもその乱れは、一体いつから起きていたのだろうか。

聞いた話から推察する限り、氷柳が屋敷を結界で隔離《かくり》したのは最近の話ではない。少なくとも数年前から結界は展開され続けている。

ならば乱れの元凶《げんきょう》は随分《ずいぶん》前からそこにあったのだ。その元凶に対して泉仙省が何も対策を施さず、延いては今の状況にただ『監視《かんし》を強める』という消極的かつ後手後手の対策を打つだろうか。

何より、慈雲の思わせぶりな態度だ。

――何だよ、『懐《なつ》かしい手癖《てくせ》』って。

確かに、退魔師が退魔術を行使する時にはそれぞれの色と癖が出る。色は各個人の保有霊力《れいりょく》の個性で、癖は力の巡《めぐ》らせ方の違いだ。その差異があるから、同じ術を扱《あつか》っていても発動された術の効果に差が生まれる。

黄季の力量が上がったのは、氷柳の指導を受けて力を巡らせる効率が上がったからだ。

確かに今の黄季の型の中には氷柳の教えが馴染《なじ》んでいる。

だがそれを指摘《してき》できるということは、慈雲は氷柳が退魔術を振るう姿を見たことがあるということだ。

今の氷柳は『事情』があるとかで、自ら退魔術を行使することはない。そもそも今の状態の氷柳とは、それこそ特殊《とくしゅ》な状況に陥《おちい》らない限り相見《あいまみ》えることはないだろう。

つまり。

──長官は、お屋敷に引き籠《こ》もる前の氷柳さんを知っている。

黄季が知らない氷柳の素性《すじょう》を、きっと慈雲は知っている。黄季が踏《ふ》み込めずにいる、線引きの向こうにいる氷柳のことを知っている。

そのことを思うたびに、胸の奥にモヤリ、モヤリとした重い空気がわだかまるような気がした。

──知ってるなら知ってるで、何で俺にそこまで思わせぶりな態度を取るんだ？

【先日の吹き溜まりは浄化《じょうか》されたが、吹き溜まりになりかけている場所はやはりいくつか

あるようだな】

考えに沈《しず》んでいた黄季は、鏡から聞こえてきた声にハッと我《われ》に返った。慌《あわ》てて鏡の中の氷柳に視線を向ければ、氷柳は微《かす》かに眉間《みけん》に皺《しわ》を寄せている。

【西院大路ほどの陽溜《ようだ》まりをこんな風になるまで放置するとは、泉仙省《せんせんしょう》は一体何をしているんだ？　ここまでになると、一度大掛《おおが》かりな浄祓《じょうばつ》が必要な規模だ】

「申し訳ありません……」

【別にお前を責めたいわけではない。上の指揮系統の問題だ。これは新人一人にどうこうできる規模の問題ではない】

──とりあえず、考えることは後でもできる。

黄季は脳内でグルグル考えていた案件を一度意識から締め出し、目の前のことに集中することにした。

考え込んでいる間も体は人の流れに乗って動き続けている。気付けば黄季は西院大路の中心である四つ辻《つじ》に辿《たど》り着こうとしていた。人出は増える一方で、空気は活気付いている。

「とりあえず、その陰の吹き溜まりに成長しそうな場所を巡って、適宜《てきぎ》浄化しながら様子を見ていく感じでいいですか？」

【ああ、それで……】

黄季の言葉に氷柳が肯定《こうてい》を返す。だが黄季はその言葉を最後まで聞くことができなかった。

ゾクリと、強い寒気が背筋を震わせる。

先日のゴロツキ達から感じた冷気よりもはっきりとした強い冷気に、黄季の喉《のど》がヒュッと嫌《いや》な音とともに凍《こお》りつく。

その瞬間《しゅんかん》、黄季の視線の先で突如土煙《とつじょつちけむり》が上がった。土煙を巻き上げた衝撃《しょうげき》は行き交《か》っていた人々を弾《はじ》き飛ばし、突然のことに驚《おどろ》いた民衆は声にならない悲鳴を上げる。

「『結《けつ》』っ!!」

反射的に靴《くつ》の先で地面に線を引いた黄季は一番初歩的な結界を展開していた。地面に刻まれた線を起点に瞬時に立ち上がった光の壁《かべ》は、黄季に叩《たた》きつけられようとしていた衝撃や土煙を弾いてくれる。

その壁の先へ視線を凝《こ》らした黄季は、そこに見えた光景に言葉を失った。

「な……っ!」

たなびく土煙の向こうにいたのは、漆黒《しっこく》の獣《けもの》だった。毛並みにピシッ、パシッと微かに紫電《しでん》を弾けさせる漆黒の獣は、靄《もや》をかき集めたかのように輪郭《りんかく》が曖昧《あいまい》でまだはっきりとした形を取っていない。しなやかな体軀《たいく》は猫《ねこ》のようにも見えるし、獰猛《どうもう》な雰囲気《ふんいき》を漂《ただよ》わせる顔つきは野犬のようにも思える。

——大きさから言えば狼《おおかみ》……いや、虎《とら》、か？

【陰が弾けたか】

突然のことに言葉を失っていた黄季は、鏡の中からこぼれた声にハッと我に返った。同時に背筋を走り続ける悪寒《おかん》にキリッと奥歯を噛《か》み締める。

目の前にいるのは、紛《まぎ》れもなく妖怪《ようかい》だった。黄季の体をいたぶる妖気がそれを証明している。周辺一帯に漂っていた陰の気が何かをきっかけに凝縮《ぎょうしゅく》し、ついに形を得てしまったのだ。

──本来なら、こんな真っ昼間に、陽の気が強いこんな場所で妖怪が生まれるはずなんてないんだけど！

だが今はそんなことを論じている暇《ひま》はない。

黄季は懐《ふところ》から呪石《じゅせき》を取り出すと妖怪と自分を周囲から切り取るように四方へ弾いて飛ばした。さらに印を組み、腹の底から声を張る。

「『汝《なんじ》は要《かなめ》　汝は光　汝は汝にあらず　界を隔《へだ》てる地の要』」

黄季の霊力と呪歌を受けた呪石は地脈から力を吸い上げるとフルリと震《ふる》えるように光の壁を立ち上げた。その光景を冷静に見つめながら、黄季は場に刻んだ術式に力を流し込む。

「『界断絶　乖壁《かいへき》展開』っ!!」

黄季の呪歌が成ると同時に立ち上がった光の壁が黄季と妖怪がいる空間を世界から切り離《はな》す。これで結界が崩《くず》れない限り、この妖怪が結界の外に危害を加えることはできない。

その変化に妖怪も気付いたのだろう。キョロキョロと周囲を見回した妖怪は背中の毛を逆立てると怒《いか》りの咆哮《ほうこう》を上げた。その声に触発《しょくはつ》されたかのようにバチバチと紫電が弾け飛ぶ。

【どうやら形を得たばかりの妖怪のようだ。今はまだ存在が曖昧だが、ここからさらに陰《いん》の気を吸い上げると完全に妖怪として存在を確立させる】

氷柳の解説をしっかり頭に叩き込みながら、黄季は緊急《きんきゅう》用に懐に入れていた包みを宙に放《ほう》り投げた。周囲の建物の屋根よりも高く上がった地点でパンッと弾けた包みは赤みがかった煙を周囲にたなびかせる。

退魔師《たいまし》が予期せず妖怪と遭遇《そうぐう》し退魔に臨《のぞ》んでいることを示す緊急信号だ。緊急信号か急に動いた霊気《れいき》に誰《だれ》かが気付いてくれれば、応援《おうえん》は必ず派遣《はけん》されてくる。

【叩くのは、早い方がいい】

だが氷柳の声は黄季に逃《に》げを許さない。無論、黄季だって応援が来てくれるまでただ結界で隔離《かくり》したまま現状維持《いじ》を続けるつもりはなかった。

長引かせれば、それだけ周囲に被害《ひがい》を出す可能性は上がる。黄季が倒《たお》れても、この妖怪は周囲に害を出すだろう。

——最悪の場合はこういう可能性もあるって、氷柳さんは最初から言っていた。それでも戦うって言ってここまで来たのは俺自身。

この場には、守るべき民《たみ》がいる。戦える人間は黄季一人しかいない。

ならば黄季に引いていい理由はひとつもない。

【やれるな？】

「はいっ！」

黄季は鏡を帯に差し込むと強く手を打ち鳴らした。凛《りん》と響《ひび》いた音に周囲の空気がわずかに変わる。

瘴気《しょうき》が祓《はら》われて澄《す》んだ空気を深く体に落とし込み、黄季は指を複雑に組み上げた。

「『吹《ふ》き荒《すさ》べ　吹き抜《ぬ》けろ　これは魔を祓う風　これは魔を断つ神風』っ‼」

ユラリと立ち上った霊気が黄季を中心に逆巻く。一瞬だけその暴力的な空気の変化に自分の心の片隅《かたすみ》が怖気《おじけ》づいたのが分かった。

だがその震えを、黄季は理性でねじ伏《ふ》せる。

──この一撃《いちげき》は、自分を、この場にいる民を守るために振《ふ》るわれる、守りのための力！

そう言い聞かせた瞬間、震えそうになっていた指は落ち着きを取り戻《もど》した。空気の変化に気付いて黄季を振り返った妖怪の瞳《ひとみ》がギラリと光ったが、覚悟《かくご》を決めた黄季が裂帛《れっぱく》の気合いとともに術を放つ方が早い。

「『風刃招来《ふうじんしょうらい》』っ‼」

『ギャンッ‼』

風の刃《やいば》が妖怪を切り裂《さ》く。幾重《いくえ》にも放たれた刃はまだ輪郭があやふやな妖怪の体を刻み、形あるモノをただの靄に還《かえ》していく。

だが。

――浅い……！

「『この穢《けが》れを祓え　これは神の息吹《いぶき》　ここは清めの華《はな》が咲《さ》きける所』っ!!」

黄季は間髪《かんはつ》を容《い》れずに印を組み替《か》えた。手負いになった妖怪が怒りに瞳をぎらつかせながら牙《きば》を剝《む》くが、その時にはすでに黄季の次の術が完成している。

「『ここを浄華《じょうか》と成せ　浄祓《じょうばつ》』っ!!」

今度吹き渡《わた》った風は柔《やわ》らかな風だった。だが風が吹き抜けた後の空気からはことごとく瘴気が消えていく。妖怪の身を包み込んだ風は、まるで煙を吸い込んでいくかのようにシュルシュルと妖怪に纏《まと》わりついた黒い瘴気を呑み込み始めた。

『ルッ……ゴァァァアアアアァッ!!』

【有効だったようだな】

氷柳の静かな声が響く先で妖怪の姿が縮み、やがて薄《うす》れ始める。黄季に牙を剝くこともできずにのたうち回る妖怪は、うまくいけばこのまま黄季が手を下さなくても消滅《しょうめつ》してくれるかもしれない。

だが。

──術が成ったからと言って気を抜くな。狩《か》り残しがないか、全《すべ》てを完膚《かんぷ》なきまでに潰《つぶ》せたか常に確認《かくにん》しろ。その油断、実地で晒《さら》したら死に繋《つな》がると思え。……ですよねっ!?

『夜明けの緋《あけ》は日の刃　闇《やみ》を断ち切る陽《ひ》の刃』」

黄季はもう一度印を組み替えると深く息を吸い込み、腹まで落とし込む。

凛と前を見据《みす》えれば、いつになく感覚が澄んでいるのが分かった。

──やれるっ!!

「『闇は闇へ還れ　滅殺《めっさつ》』っ!!」

裂帛の気合いを込めて印を叩き落とす。

黄季の全力を込めた術に叩かれた妖怪は、断末魔の叫《さけ》びとともに押し潰されるように消えていった。存在が砕《くだ》かれた先から黒い花びらのように妖怪の残滓《ざんし》が散り、やがてはその残滓さえもが退魔術の光に呑《の》まれて消えていく。

術の余波が引いた後にあったのは、破壊《はかい》の跡《あと》が残る市の街並みだけだった。注意深く周囲を探《さぐ》ってみても、もう妖気の類《たぐい》は感じられない。念のためにしばらく気を張り詰《つ》めて探ってみたが、乱れた地脈が鎮《しず》まっていくのを感じるだけで他《ほか》に黄季の感覚に引っかかるものは何もなかった。

【及第《きゅうだい》】

それでも気を抜けなかった黄季の耳に、ポンッと声が飛び込んできた。変わらず涼《すず》やかな声なのに、なぜかその声がわずかに弾《はず》んでいるように聞こえるのは気のせいだろうか。

【良くやった】

「えっ⁉」

響く声に黄季は思わずワタワタと鏡を手に取った。信じられない心地《ここち》で鏡を覗《のぞ》き込めば、変わらずそこには氷柳の姿が映し出されている。

ただ、その表情は。

「っ……！」

変わらずそこに映っている顔に表情らしい表情はなく、その美貌《びぼう》は氷の造花のように冴《さ》え冴《ざ》えと澄んで美しい。

だが黄季の見間違《みまちが》いでなければ、その口元がほんのわずかに緩《ゆる》んでいた。深い漆黒の瞳の奥にはどこか満足そうにも誇《ほこ》らしそうにも見える光が覗き、常に氷柳の瞳に横たわっていた退廃的《たいはいてき》な空気が今だけは薄れている。

まるで、牡丹《ぼたん》が花をほころばせたかのような。

ほんのわずかな変化が、貴仙《きせん》の氷を溶《と》かす。

──氷柳さんが及第点をくれたのって、初めてなんじゃ……

氷柳のあるかなしかの微笑《ほほえ》みに魂《たましい》を抜かれていた黄季は、遅《おく》れてジワジワと氷柳の言葉を噛《か》み締《し》めた。言葉にできない色んな感情が胸にあふれて、にやけないように引き結んだ唇《くちびる》の端《はし》がプルプルと震えている。

そんな黄季の様子が鏡越《ご》しでも分かったのだろう。フイッと視線を逸《そ》らした氷柳は素っ気なく言い放つ。

【そろそろ異変を察知した役人なり泉仙省《せんせんしょう》の退魔師なりが現場に出張ってくるはずだ。さっさと引き継《つ》いで、とっとと帰ってこい】

そこでフツリと映像は途切《とぎ》れた。氷柳が照れ隠《かく》しに切ったのかもしれない。

どのみちここまで派手に散らせば、もう一帯の陰の気は散らしたも同然だろう。後々泉仙省によって公《おおやけ》に浄祓が行われるはずだし、黄季も今日は引き揚《あ》げて問題ないはずだ。

──問題は、買い出しをできる店が開いててくれるかどうかだけども。

そんなことを考えながら、黄季は周囲へ視線を巡《めぐ》らせる。

その瞬間《しゅんかん》、目に飛び込んできた人物に、黄季は思わず息を詰めた。

「よぉ、黄季。先日に引き続き、鮮《あざ》やかな手際《てぎわ》だったぜ。ほんっと」

吹き抜ける風に、浅青色の袍《ほう》と緩く波打つ髪《かみ》が揺《ゆ》れていた。対して黄季を見据えた視線は決して揺らぐことはない。それは狩人《かりゅうど》が獲物《えもの》に据《す》える視線だ。

「恩《おん》、長官」

そこにいたのは、慈雲だった。

なぜ、と動揺《どうよう》した心を、黄季は一度グッと両手を握《にぎ》りしめることで押さえつける。改めて地面を踏《ふ》みしめた両足がザリッと微《かす》かに音を鳴らした。

そんな黄季の空気の変化に気付いたのだろう。慈雲は深く笑《え》みを浮《う》かべたままツイッと目をすがめた。

「ほんっとあいつ、教える方にも才能があったんだな。意外だったわ。人を寄せつけなかったあいつが、こんなに立派に弟子《でし》を育てるなんて」

「……どういう意味ですか？」

「言葉のままさ」

距離《きょり》を置いて対峙《たいじ》したまま、慈雲は間合いを詰めてこようとはしなかった。人がはけた市のど真ん中で、黄季と慈雲だけが対峙している。

歩数にして、約十歩。対人戦では遠すぎる間合いは、妖怪《ようかい》と相対する時に退魔師《たいまし》が取る間合いだ。

「仰《おっしゃ》る意味が分かりかねます」

その距離に負けないように、黄季は言葉と視線に力を込めた。睨《にら》みつけるような視線は本来ならば長官に向けるべきものではないのだろう。それを理解していながら、黄季は強く慈雲を睨みつける。

「長官。そもそもなぜ長官がこちらに？　見回りならば、もっと下の者に任せるべきでは？」

「言うねぇ、黄季。それがお前の素《す》か？　いや、元から結構肝《きも》の据わった物言いができるやつだったよな、お前は」

慈雲は楽しそうに答えながら腕《うで》を組んだ。だがそれが見せかけだけのものだということは、慈雲の瞳の奥に横たわる怜悧《れいり》な光を見れば分かる。

「俺は、お前のそんなトコを気に入ってる。だからこそ、あいつにお前を喰《く》い物にはされたくない」

――喰い物？

黄季がさらに警戒《けいかい》を強めたと、慈雲は黄季の微かな身動《みじろ》ぎから見抜《みぬ》いたのだろう。不意に、慈雲の顔面から表情が消える。

「見回りをもっと下に任せるべきだって言ったよな？　鸛《ばん》黄季。だがな、ここの見回りは下の人間には任せられねぇんだわ。理由は明白。事の元凶《げんきょう》がちっとやそっとじゃ歯が立たねぇ相手だからだよ」

そんな慈雲に相対しても睨みつける目を逸らそうとしない黄季に向かって、スルリと慈雲は腕を伸《の》ばした。さらに伸ばされた人差し指は、真っ直《す》ぐに黄季の心臓へ向けられる。

「この周囲の土地を陰《いん》に傾《かたむ》けてんのは、お前の師匠《ししょう》だ」

「あり得ません」

「なぜそう断言できる？」

「理由がありません。それに、お屋敷《やしき》の断絶結界はもう随分《ずいぶん》前から展開されていました。

それを理由にするには根拠《こんきょ》が薄い」

「じゃあ、あの結界の本来の用途《ようと》が断絶ではなかったとしたら？」

その言葉に黄季は思わずピクリと肩《かた》を跳《は》ね上げた。慈雲の言葉を鵜呑《うの》みにすべきではないと分かっているはずなのに、落ちこぼれという自覚は慈雲の言葉に揺らぎ始めている。

──本当にあの結界は、断絶と幻惑《げんわく》の効果しか持っていないのだろうか？　長官の言う通り、俺が見抜けなかっただけなんじゃないか？

黄季の判定結果を肯定《こうてい》したのは氷柳だ。その氷柳に何らかの目的があって、黄季が見抜けなかったのをいいことに結界が持つ第三の効果について黄季に事実を伏《ふ》せていたとしたら。

──いや、揺らいじゃ駄目《だめ》だ！

「お前の師匠は、屋敷が建っている忌地《いみち》の効力を利用して、より強力な陰の気を集めようとしている。屋敷の結界は内に溜《た》めた陰の気を外から勘付《かんづ》かせないようにするために展開されたものだ。最近は結界で綺麗《きれい》に覆《おお》い隠せる以上の陰の気が土地に集まってるから、その余波でこっちにまで陰の気がわだかまるようになってんだよ」

毒のように染《し》み込む慈雲の言葉に黄季は無意識のうちに首を横に振《ふ》っていた。耳に纏《まと》わりつく言葉を打ち払《はら》うように首を振り、再びギッと慈雲を睨みつける。

「そんなことをする理由が、あの人にはありません！」

事実、氷柳がそんなことをしているとは思えなかった。

——あんなに寂《さび》しい景色の中にいた人が、そんなことをするなんて……！

初めて相見《あいまみ》えた氷柳は、良くも悪くも無気力だった。生きることにさえ倦《う》んでいるように見えた氷柳に、そんな大それたことをする気力はそもそもなかったように思える。

だがそんな黄季の内心さえ否定するかのように慈雲の声は響《ひび》いた。

「お前、あいつのことなんて何も知らねぇだろ？　だっつーのに、なんでそんなこと断言できるんだよ？」

「っ！」

その言葉は、見えない矢が体を貫《つらぬ》くかのように黄季に突《つ》き刺《さ》さった。直接矢を突き立てられたかのように、衝撃《しょうげき》に息が詰まって反論を口にすることができない。

いや、そもそも黄季に反論できる余地はなかった。

「だったら……！」

「俺は多少は知ってるぜ？　何せあいつは俺の同期だからな。一緒《いっしょ》に飯食って、現場出て、馬鹿《ばか》なこともやった仲間だった」

だったら長官にとってあの人は何なんですか、という叫《さけ》びは、静かに差し込まれた言葉に断《た》ち切られた。聞き覚えのある言い回しに、黄季はハッと息を呑《の》む。

今のは一体、どこで聞いた言葉だったか。

確か同期達と一緒に出向いた現場で、慈雲から『氷煉比翼《ひれんひよく》』について聞いた時の……

「あいつの名前は、汀涼麗《ていりょうれい》」

息を詰《つ》める黄季に、慈雲はその名を突きつけた。

伝説と言ってもいいほど、有名な名前を。

『救国の比翼』とも言われる一対《いっつい》、『氷煉比翼』の片割れを担《にな》った人間だ」

もちろん黄季もその名前は承知している。

だが改めてその名前の持ち主があの麗人《れいじん》であると知った瞬間、心の中を占《し》めたのは。

「あいつは国に殺された相方の仇《かたき》を取るために、この国を陰の気の中に沈《しず》めるつもりだ」

──美人な人の名前って、やっぱり名前だけでも綺麗なんだな。

どこかぽっかりと穴が空いてまともに回らない頭で、黄季はそんな場違《ばちが》いなことを考えていた。

肆

聞いた瞬間《しゅんかん》、胸に落ちたのは『あぁ、やっぱり』という納得《なっとく》だった。
只者《ただもの》ではない飛刀捌《さば》き。的確な指導と豊富な知識。忌地の封印《ふういん》に白羽の矢が立つのも、あの体質も、それが『氷煉比翼の片割れ』だというのならば納得ではないか。

「あいつは八年前、相方を亡《な》くし、忽如《こつじょ》として姿を消した。そのせいで世間からは『氷煉比翼は国と一緒に揃《そろ》って焼け落ちた』と言われてるが、死んだのはあいつの相方だった郭《かく》永膳《えいぜん》だけだ。あいつは死んじゃいねぇ」

慈雲《じうん》の言葉が、黄季《おうき》の意識の外側を撫《な》でていく。暴《あば》かれる真実に、黄季はただ呆然《ぼうぜん》とするしかない。

「あいつのことだ。死ぬに死ねず、どっかに引き籠《こ》もってヤサグレてんだろうとは思ってたが……。こんなことしてんなら、放《ほ》っとけねぇだろ」

そんな黄季の意識を叩《たた》いたのは、ザリッという靴《くつ》が地面を踏みしめる音だった。ハッと我《われ》に返れば、慈雲が黄季との間合いを詰めようとしている。

「俺は、かつての同期としてあいつを止めたい。だからずっとあいつの行方《ゆくえ》を追っている。

だが残念なことに、俺の独力だけじゃあいつの屋敷を囲ってる結界を突破《とっぱ》できそうになくてな。お前があいつと紡《つむ》いだ縁《えん》を貸してもらいてぇんだわ」

慈雲の瞳《ひとみ》は相変わらず油断なく黄季を見据《みす》えていた。この局面においても、慈雲は詰めを誤ることがないよう黄季の観察を怠《おこた》っていない。

「さぁ、連れてってくれるな？　鸛《ばん》黄季」

対する黄季は全身がカタカタと細かく震《ふる》えていた。その震えが明かされた事実への驚《おどろ》きからきているのか、あるいは目の前にした慈雲の圧からきているのかは黄季にも分からない。

ただひとつだけ、分かることは。

「……っ！」

『やっぱりあの人を再び戦場《いくさば》に連れ戻《もど》すようなことは、絶対にしてはいけない』という、固い決意だけ。

意識して鋭《するど》く息を吐《は》く。その音と呼吸で慈雲からの圧を撥《は》ね飛ばした黄季は、懐《ふところ》から一枚札を引き抜《ぬ》くと慈雲に向かって擲《なげう》った。

『爆《は》ぜろ　起閃符《きせんふ》』っ!!」

あらかじめ術式が書き込まれた札は黄季の霊力《れいりょく》と呪歌《じゅか》を受けてカッと眩《まばゆ》い光を放つ。黄季からの予期せぬ奇襲《きしゅう》に一瞬慈雲が怯《ひる》んだのが気配で分かった。

『汝《なんじ》の足は汝にあらず　汝の腕は汝にあらず　汝の四肢《しし》は汝にあらず　汝　いかにして地を這《は》うこと能《あた》わんや』っ!!」

さらに黄季は間髪《かんはつ》を容《い》れずに足止めの呪歌を紡いだ。火事場の馬《ば》鹿力《かぢから》というものなのか、黄季が無理やり引き出した力は過《あやま》たず慈雲の体を搦《から》め捕る。

「『阻《はば》め　不動結界呪《じゅ》』っ!!」

「鸛黄季っ！」

慈雲の声が空気を叩く。だが黄季が展開した不動結界呪が緩《ゆる》むことはない。

黄季はその場に慈雲を縫《ぬ》い付けたまま踵《きびす》を返して走り始めた。人気《ひとけ》がない市の中を無我夢中で進みながら、必死に慈雲と距離《きょり》を取る。

──氷柳《ひりゅう》さんに伝えなきゃ！

何を。

慈雲が氷柳を捜《さが》し回っていることに決まっている。慈雲が氷柳の許《もと》まで辿《たど》り着いてしまえば、氷柳は望んでいない戦場に引き出され、その心を蔑《ないがし》ろにされたまま戦いを強《し》いられることになる。黄季と出会ってしまったせいで、そんな道を強いられてしまう。

──問わなくても、いいのか。

同時に、そんな囁《ささや》きが耳の奥に響いた。

氷柳は本当に『救国の比翼』の一翼《いちよく》、汀涼麗《ていりょうれい》であるのかと。土地が陰に傾いているのは、氷柳が意図して行ったことではないのかと。相方の命を奪《うば》った国を、世界を、恨《うら》んではいないのかと。復讐《ふくしゅう》を望んでいるのではないかと。

「っ、違う！」

もう一人の自分は、慈雲の言葉を受けて氷柳への疑心を募《つの》らせている。

いや、慈雲の言葉が原因の全《すべ》てではない。その疑心の中には、今まで黄季が訊《たず》ねたくても訊ねられずに心の奥底に重ね続けた問いも含《ふく》まれている。自業自得《じごうじとく》で踏《ふ》み込めずにいた自分が、その不満をここぞとばかりに暴れさせている。

——踏み込まないって決めたのは俺自身じゃないか！　それをこんな、こんな……っ!!

今の氷柳の一番身近にいるのは、間違いなく黄季だ。

だがそんな黄季よりも、顔を合わせてもいない慈雲の方が氷柳のことを知っている。氷柳を語ることができる。

ならばそんな慈雲が語る言葉の方が、黄季が見てきた氷柳よりもよほど本質を衝《つ》いているのではないだろうか。

「……っ！」

違う、違うと互《たが》いに否定を重ね合っている間に、黄季はいつの間にか屋敷《やしき》に繋《つな》がるあの一本道を走っていた。ズラリと並んだ築地塀《ついじべい》の先に、今日もあの石造りの門が鎮座《ちんざ》している。

そもそもこんな状態で氷柳と顔を合わせても大丈夫《だいじょうぶ》なのか。慈雲が追尾《ついび》をかけてくるかもしれない状況《じょうきょう》で、真っ直《す》ぐ屋敷に駆《か》け戻ることは愚策《ぐさく》だったのではないか。

今更《いまさら》そんなことを思いもしたが、黄季の足はもう止まらない。

「氷柳さんっ！」

門扉《もんぴ》にぶつかるように飛びつくと同時に喉《のど》からは悲鳴のような声が上がっていた。黄季が正式に訪《おとず》れるようになってから扉《とびら》が開くようになった門は、黄季が肩《かた》で押し開けるように飛び込めば見た目よりもずっと軽《かろ》やかに黄季へ道を開く。

「氷柳さ……っ、氷柳さんっ!!」

その先に広がる幻惑《げんわく》の庭に、氷の貴仙《きせん》は悠然《ゆうぜん》と佇《たたず》んでいた。いつもと変わらない神々《こうごう》しく美しい光景に、黄季は思わず泣きたくなる。

そんな黄季の視線の先で、氷柳が弾《はじ》かれたように黄季を振《ふ》り返った。帰宅した黄季の様子に目を留めた氷柳は、小さく息を呑むと目を丸くする。

「どうした、そんなに慌《あわ》てて」

その言葉に招き入れられるかのように、黄季はヨロヨロと庭へ入った。黄季の体が完全に中に入ると、門はひとりでに扉を閉じる。

「『水鏡《すいきょう》』を切ってから、何かあったのか？　お前がそんな顔をしているところは……」

「汀涼麗、なんですか？」

問う声は、掠《かす》れて、微《かす》かにしか音を発さなかった。

だがそれが確実に氷柳の耳に届いたことは、ヒュッと引き攣《つ》れた氷柳の呼吸の音で分かる。

「氷柳さんの本当の名前、汀涼麗っていうんですか？」

問いに対する答えは、もうその反応で分かっていた。

それでも黄季は、問いを止めることができない。

「氷柳さんって、一体何者なんですか？　どうしてわざわざこの忌地《いみち》で暮らしているんですか？」

ヨロヨロとまろぶように動いていた足は、いつの間にか勢いを取り戻していた。ツカツカと進む黄季に対し、氷柳は目を見開いたまま凍《こお》りついたように動きを止めている。

「周囲一帯の気が乱れてるのは、本当に俺の鍛錬《たんれん》の余波なんですか？　氷柳さんと長官が同期って本当なんですか？　氷柳さんが……っ！」

そこから先は言葉がつかえて声にならなかった。元より黄季自身、何と言いたかったのかも分からない。

言葉が途《と》切《ぎ》れると同時に、黄季の足も止まっていた。屋根の下にギリギリ入らない、屋敷と庭の境界に位置する階段の手前で、まるで何かに阻まれたかのように黄季は立ち尽《つ》くす。

「教えて、ください」

いつだって氷柳は、問えば答えをくれた。黄季が理解できるまで、言葉を変えて、根気よく説明してくれた。

その時と同じように、黄季は言葉で必死に氷柳に縋《すが》る。

「教えてください、氷柳さんっ！」

乞《こ》う声は悲鳴のようだった。氷柳の姿を直視できない黄季は、顔を伏《ふ》せたままギュッと目をつむる。

あるいはそれは、返ってくる言葉が半ば分かっていたからこそ取れた、無意識の自己防衛だったのか。

「私は」

ポツリと黄季の頭上に降ってきた声は、動揺《どうよう》が表れたかのように微かに掠れていた。

それでもなお美しい声音《こわね》は、氷のような冷たさに満ちていて。

「お前に答えなければならない義理は、ない」

「っ！」

黄季は反射的に顔を跳《は》ね上げると氷柳を見つめた。感情とともに血の気も失《う》せた顔《かんばせ》は、ただただ無表情に黄季を見据えている。

──……あぁ、やっぱり。

分かっていた。あんな言葉、自分に言う資格なんてないのだと。

踏み込むべきではない。自分は、決して踏み込むことを許されたわけではない。

氷柳の過去を、氷柳の素性《すじょう》を、黄季は教えてもらえない。一番身近にいると傲《おご》っていたつもりは決してなかったけれど、それでもこの屋敷を訪《おとな》うことを許された唯一《ゆいいつ》の人間であったはずなのに。慈雲が知っていることを、黄季は教えてもらえない。

あるいは黄季は、何も知らないまっさらな状態だったからこそ、この屋敷に通うことを許されていたのか。

「実は全て、氷柳さんが仕込んでいたことなんじゃないですか？」

グチャグチャに掻《か》き乱された思考がそこに行き着いた瞬間《しゅんかん》、黄季の口は無意識のうちに言葉を紡《つむ》いでいた。

退魔師《たいまし》にあるまじき、毒が滴《したた》るような言葉を。

「教えてくれないのは、俺が知ると不都合なことがあるから、とか……」

そんな毒が氷柳に対して効くとは思っていなかった。それどころかそれが『毒』たりうることさえ知らない。そもそも氷柳に拒絶《きょぜつ》された絶望がそんな言葉を吐《は》かせただけであって、本心ではそんなことなど微塵《みじん》も考えてはいなかった。

だがそれが何よりも氷柳に対して『毒』になるのだと、黄季は次の瞬間に思い知る。

「……慈雲が、そう言ったのか？」

先程《さきほど》よりも細く、ひび割れた声に、黄季はようやく我《われ》に返った。慌てて氷柳に焦点《しょうてん》を結び直した瞬間、黄季は呼吸さえ忘れて氷柳に見入る。

「お前は、慈雲の言葉を、信じるのか？」

血の気を失った顔は幽鬼《ゆうき》よりもなお透《す》き通るように白く、常に泰然自若《たいぜんじじゃく》としていた体は小さく震《ふる》えていた。

その震えを押し隠《かく》すかのように袖《そで》の中で手が拳《こぶし》の形に握《にぎ》りしめられ、怜悧《れいり》な光に満たされた瞳《ひとみ》が真正面から黄季を睨《にら》み据《す》える。

「直《じか》に見てきた私の姿よりも、適当に並べられた慈雲の言葉を信じると、お前は言うのか？」

「……っ」

常にない圧に黄季の喉が瞬時に干上《ひあ》がる。だがそれらの反応を引き起こした感情は単純な恐怖《きょうふ》だけではない。

──氷柳さん？

氷柳から感じた圧には、複雑な感情が入り乱れていた。今まで無や凪《なぎ》ばかりを感じてきた氷柳の視線には今、怒《いか》りや悲しみといった明確な感情が垣間見《かいまみ》える。

その波に叩《たた》かれて、ようやく黄季は自分が何を口走ったのかを理解した。

「氷柳さっ、ちがっ……！」

黄季は無理やり口を開くと慌てて言葉を紡ぐ。

だが黄季は釈明《しゃくめい》も謝罪も口にさせてはもらえなかった。

「おーおー、自分の態度を棚《たな》に上げまくってよく言うよなぁ、お前は」

「っ⁉」

聞こえるはずがない第三者の声が響《ひび》いた瞬間、ユラリと屋敷《やしき》から見える空に虹色《にじいろ》の波が走る。まるで水面に波紋《はもん》が走るかのように景色を揺《ゆ》らがせた波は、門前でぶつかり合うとトプンッと微かに音を響かせた。

その歪《ゆが》みの向こうから、見知った人影《ひとかげ》が悠然と進み出る。

「ほんっと、昔っから変わんねぇの」

呆《あき》れと笑《え》みを見せながら登場したのは、紛《まご》う方なく慈雲だった。そのあまりにも平素と変わりのない姿に、黄季の唇《くちびる》からは震える声がこぼれ落ちる。

「長官、どうやって……」

問いかけるというよりも独白が漏《も》れ出たと言った方が正しいくらい微かな声だったのに、慈雲の耳はきちんとその声を拾い上げたようだった。飄々《ひょうひょう》とした笑みを崩《くず》すことなく、慈雲は黄季へ視線を向ける。

「まったく。お前、目くらましの閃光呪《せんこうじゅ》から不動結界呪への連係展開なんて、いつの間にできるようになってたんだよ。下手な位階持ちより鮮《あざ》やかな手際《てぎわ》じゃねーか」

「っ、そこではなくて……っ！」

閃光呪も不動結界呪もきちんと効いていたはずだ。それなのになぜこんなにも早くこの屋敷に行き着くことができたのか。そもそもこの屋敷には氷柳の結界が展開されていて、慈雲の独力では踏《ふ》み込むことはできないという話ではなかったのか。

「さっきも言っただろ？　お前と涼麗が紡いだ縁《えん》を借りたいって」

ゆったりと庭の中へ踏み込んできた慈雲は、組んでいた腕《うで》を解くと指先を黄季へ向けた。その仕草は柔《やわ》らかささえ感じるものなのに、まるで指を突《つ》きつけられたかのように黄季の肩《かた》は跳ねる。

「黄季、俺が長官になってから部下に下賜《かし》してきた帯飾りや佩玉《はいぎょく》には全《すべ》て、俺が組んだ術式が刻んである。屋敷を世界から断絶させるなんていう荒業《あらわざ》を行使して行方《ゆくえ》をくらませた、涼麗を捜《さが》し出すために組み上げた特殊探索呪《とくしゅたんさく》だ」

庭の中程で足を止めた慈雲は、笑みを浮《う》かべたまま種明かしをしてくれた。楽しそうに語る慈雲だが、その瞳の奥は笑っていない。

「その術式を介《かい》して、泉仙省《せんせんしょう》の退魔師達がそれぞれ腰《こし》に帯《お》びてる装飾品には、今なお俺の霊力《れいりょく》の残滓《ざんし》が宿っている。その力を起点とし、お前と涼麗が繋《つな》いだ縁を掠《かす》め取れば、結界を突破《とっぱ》することもまた可能だ。お前が自分の霊力を通わせた呪石《じゅせき》を介して結界を展開すんのと要領は一緒《いっしょ》だよ」

その説明に黄季はハッと己《おのれ》の帯飾りに手を添《そ》える。

この庭で初めて氷柳と言葉を交《か》わした時、氷柳はこの帯飾りに興味を示した。黄季が結界をすり抜《ぬ》けられたのは、黄季が知らずに持たされていた呪具《じゅぐ》のせいだとも言っていた。

──もしかして氷柳さんは、あの時にもう、長官が仕込んだ術式に気付いてた？

ならばなぜ氷柳はそのことを黄季に伝えなかったのだろうか。いずれ慈雲をこの屋敷に招き入れる要因になるとして、黄季を遠ざけようとしなかったのだろうか。

「まぁでも、そう言ってみたところで、ここの結界はそれくらいで突破できるほどヤワじゃねぇよ。何せ俺が五年かけて諸々《もろもろ》仕込んで、涼麗と霊力的に波長が合うお前が現れて、ようやく微《かす》かな縁を掠め取れるかっていう程度だ。……お前、永膳が組んだ結界を基盤《きばん》に相当弄《いじ》り倒《たお》したな？　お前の独力じゃさすがにここまでの術式構築は難しいだろ？」

慈雲の言葉を受けた氷柳は無言のままスッと目をすがめた。たったそれだけで氷柳の体から震えは消え、常の……いや、常以上に冴《さ》え冴《ざ》えとした空気が氷柳を取り巻く。

「だから黄季がお前につっかかるように、ちょーっとあることないこと吹《ふ》き込ませてもらったぜ。ま、何があっても黄季が揺らがないように、相互《そうご》性のある関係を作っておかなかったお前の落ち度だ。なぁ、涼麗？」

常人ならば今の氷柳に視線を据えられただけで凍《い》てつきそうなものなのに、慈雲は笑みを湛《たた》えたまま軽く目をすがめると逆に氷柳を煽《あお》るような言葉を口にする。そんな慈雲が何を意図して口を利《き》いているのか予想できているのか、慈雲を見据《みす》える氷柳は何を言われてもしんと凪《な》いだ無表情を崩さない。

だが黄季はその言葉を前に無反応のままではいられなかった。

「あることないこと……？」

「そ。どーせ涼麗はお前の好意に甘えて、自分から関係性を作り上げることを疎《おろそ》かにしてんだろうなって予想はできたからよ。黄季が気ぃ遣《つか》ってあえて訊《たず》ねてないだろうことを訊ねるように仕向けて、ついでに疑《ぎ》惑《わく》も突きつけられりゃ、こいつの心は根っこから揺らぐと思ってよ」

震えが止まらない黄季に、慈雲はスッと指を伸《の》ばした。

「こいつの名前が汀涼麗っていうのは本当。『氷《ひ》煉《れん》比《ひ》翼《よく》』の片割れであることも本当。ついでに俺の三歳歳下《としした》の同期っつーのも紛《まぎ》れもない事実だ。俺がずっとこいつの行方を追っていたってのも、まぁ事実だな」

事実を列挙するたびに伸びる慈雲の指は止まらない。その仕草は緊迫《きんぱく》した状況《じょうきょう》に似つかわしくなく、いっそ楽しげでさえあった。

「こいつがこの忌地《いみち》を利用してより強力な陰《いん》の気を集めようとしてるっつーのは嘘《うそ》。屋敷の結界はお前が見抜《みぬ》いた通り、幻惑《げんわく》と断絶の効果しかない。都の気が陰に傾《かたむ》いてる原因は俺にも涼麗にも関係がない話だから、概《おおむ》ねその辺りの話は俺のでっち上げだ。というわけで、こいつがお前を喰《く》い物にしようとしていたっていうのも嘘」

ま、概ねお前は真実を見ていたってことだ、と慈雲は答え合わせを締《し》め括《くく》った。

その言葉に、黄季の体はさらに震えを強くする。

「じゃ、じゃあ、氷柳さんは相方の仇《かたき》を取るために、この国を陰の気の中に沈《しず》めるつもりだって言ってたのも……！」

「お前、こいつがそんなことを考えそうなくらい生きる気力にあふれてるように見えるのか？」

これも慈雲のでっち上げだったということだ。

——俺は、謂《いわ》れもないことで、氷柳さんを問い詰《つ》めたってことなのか……？

心からそう思っていたわけではないとはいえ、自分がしでかしたことが自分で許せない。

だが今はそれ以上に慈雲がなぜそんな真似《まね》をしてきたのか、その真意が分からなかった。

「だから言っただろ？『何があっても黄季が揺らがないように、相互性のある関係を作っておかなかった涼麗の落ち度だ』って。黄季からの好意に甘えた涼麗が自分から関係を構築しようと動かなかったから、不安になった黄季がこれくらいのことで揺らぐんだ」

「どうして……どうしてそんなことするんですか⁉」

「お前だって結界呪の扱《あつか》いに長《た》けてんだ。いくら強固な効果を持つ結界であっても、行使者の心が揺らげば効果を維持《いじ》できないってことも感覚的に分かるだろ？」

言われていることは理解できる。

結界呪に限らず、退魔術の出来には心の在り様が強く出るものだ。だからこそ退魔師《たいまし》は『戦場では平常心を欠いた者から死んでいく』という心得を退魔術よりも先に叩き込まれる。

だがなぜ黄季が氷柳に対して疑念を募《つの》らせることが今の発言に繋がるのか、その部分がうまく呑《の》み込めない。

──俺が氷柳さんを疑うような行動をすると、氷柳さんの心が揺らぐ？　そのことを長らく氷柳さんと直《じか》に顔を合わせていない恩《おん》長官が予想できた？

だからこの屋敷の結界を揺らがせ、突入《とつにゅう》の隙《すき》を作れるほどに弱体化させるために、慈雲は黄季に嘘を吹き込んだ。

混乱が黄季の思考を焼く。

「戯言《たわごと》はそれだけか？」

そんな黄季の意識を両断したのは、傍《かたわ》らから響いた玲瓏《れいろう》な声だった。

「今はお前が泉部《せんぶ》長官だそうだな、慈雲。祝いを言うのが遅《おく》れた。今更《いまさら》だが祝いを述べてやる」

ハッと弾《はじ》かれたように顔を上げた瞬間《しゅんかん》、視線の先でユラリと白衣《びゃくえ》が揺れた。慈雲から視線を逸《そ》らさないまま庭へ下りてきた氷柳は、黄季を慈雲の視線から庇《かば》うように一歩前へ出た位置で足を止めると変わることなく冷たい瞳《ひとみ》で慈雲を睨《ね》めつける。その視線を真正面から受けた慈雲は、再び腕を組むとハンッと鼻先で氷柳を嘲笑《あざわら》った。

「かく言うお前は随分《ずいぶん》しょぼくれたな。そんなお前を見たら永膳は何《なん》って言うかねぇ？

……あぁ、むしろ情けなさすぎて何も言わねぇか」

何気なく紡《つむ》がれた名前に氷柳の肩が微かに跳《は》ねる。目の前に氷柳の背中があるからこそ、『永膳』という名前に氷柳が全身を強張《こわば》らせたのが黄季には分かった。

──永膳って、氷煉比翼の片割れの郭永膳？　氷柳さんのかつての相方の……？

「端的《たんてき》に言うぞ、涼麗」

完全に二人のやり取りから置いていかれた黄季は、氷柳の背中越《ご》しに二人へ交互《こうご》に視線を走らせる。

そんな景色の先で、腕を解いた慈雲が氷柳に向かって片手を差し伸べた。

「泉仙省に戻《もど》ってこい」

単刀直入な要求に氷柳は何も答えなかった。言葉を返すことも、首を動かすことも、恐《おそ》らく表情さえ一切《いっさい》変えていないだろう。ただ無に戻った表情で慈雲を見つめているのが背中越しでも分かる。

「喪《も》に服するにしたって八年は長すぎる。いつまで思い出に浸《ひた》って自分を憐《あわ》れんでるつもりだ」

対する慈雲の顔からはスルリと表情が抜け落ちた。常に何かしらの表情が浮いていた慈

雲の顔に完全な無が広がるところを見たのは、もしかしたら初めてのことなのかもしれない。

「あの大乱で近しい身内を亡《な》くした人間なんざごまんといる。いつまで自分だけが悲劇の主人公だと思ってんだ」

だが淡々《たんたん》と紡がれる声には、透《す》けて見える感情があった。

まるで、青い炎《ほのお》が燃えているかのような。

この声に乗っている感情は、紛れもない怒《いか》りだ。

「お前がどれだけ嘆《なげ》こうが、憎《にく》もうが、どれだけの期間大人しく待っていようが、永膳はもうここには帰ってこない。思い出に殉《じゅん》じるみたいな生き方をしたところで、お前も永膳も」

「お前に私の何が分かるっ⁉」

だがその言葉を割った声には、それを上回る感情が乗せられていた。

「お前が……っ、お前が私達を語るなっ‼」

黄季は思わずビクリと肩《かた》を震《ふる》わせながら目の前にある背中を見上げた。そんな黄季の視界にブワリと白銀の燐光《りんこう》が舞《ま》う。

「お前に何が分かるっ⁉　比翼を誓《ちか》っていながらむざむざ相方を死なせた私の……っ、私から役目を奪《うば》って死んだあいつのっ、一体何がお前に分かるっ⁉」

絶叫《ぜっきょう》した瞬間に立ち位置が変わったのか、突如激昂《とつじょげっこう》した佳人《かじん》の横顔がわずかに見えた。

そこにあった表情に黄季は思わず息を呑む。

鬼《おに》か、般若《はんにゃ》か。修羅《しゅら》か、羅刹《らせつ》か。

貴仙《きせん》のようだと思っていた人の顔に躍《おど》っていたのは、ヒトをヒトならざるモノに堕《お》とす激情だった。全《すべ》てを焼き払《はら》い、薙《な》ぎ払うようなその感情を何と呼べばいいのか、黄季には見当もつかない。

ただただ激しく、それでいて見ているだけで苦しくなる、衝動《しょうどう》の具現。

今まで静けさしか見せてこなかった氷柳が一瞬で爆発《ばくはつ》させた感情に引きずられて、忌地に流れる気が嵐《あらし》のように暴れ回る。

「分っかんねぇよ、そんなもん」

強大な妖怪《ようかい》が暴れているのかと錯覚《さっかく》しそうな気の乱流に黄季の呼吸が引き攣《つ》れる。

だが氷柳と対峙《たいじ》した慈雲はどこまでも冷静だった。

「だってテメェにも分かんねぇだろうが。今の俺の気持ちなんざ」

慈雲は差し伸べた手にもう一方の手を滑《すべ》らせるように添《そ》えた。たったそれだけで屋敷《やしき》の中を蹂躙《じゅうりん》していた気の流れが変わる。

「泉部長官として命じる。お前の力が必要だ、汀涼麗。泉仙省に復職し、退魔師として舞《ぶ》台《たい》に上がれ」

——っ、これ……っ⁉

慈雲が何を仕掛《しか》けようとしているのか気付いた黄季はとっさに氷柳を見遣《みや》る。だが激情に突《つ》き動かされた氷柳は慈雲の動きに気付いていない。

「氷柳さんダメですっ‼」

黄季は反射的に氷柳の背中に飛びつく。だがそれよりも氷柳が白銀の燐光に命じるかのように左腕《ひだりうで》を振《ふ》り抜《ぬ》く方がわずかに早い。

「『反転』」

氷柳の腕の動きに従い光の奔流《ほんりゅう》が慈雲に向かって走る。だが光の刃《やいば》は慈雲の目の前で弾かれると矛先《ほこさき》を氷柳に変えた。ようやく我《われ》に返った氷柳が袂《たもと》から飛刀を抜こうとするが、弾き返された霊力《れいりょく》は明らかに飛刀で相殺できるものではない。

「氷柳さんっ‼」

黄季はとっさに氷柳を後ろに押し遣《や》ると氷柳を庇うように前に出た。同時に爪先《つまさき》で地面を蹴《け》り上げるように線を引き、懐《ふところ》から取り出した数珠《じゅず》を両手に絡《から》める。

「『結』っ‼」

とっさに結べたのは一番簡単な結界だった。黄季の足が引いた線を起点に立ち上がった結界に反射されてきた氷柳の霊力がぶつかる。

——っ、受け止めても吸収しても、反転させても負ける……！

術の形を成していないただの霊力の塊《かたまり》だというのに、物理的に殴《なぐ》られているような圧が黄季の体を襲《おそ》う。体がバラバラになりそうな力に踏《ふ》ん張った足がジリッと後ろに下がったのが分かった。背中にジワリと冷や汗《あせ》がにじむ。

──結界面の角度を調整して、うまく受け流すしか……！

黄季は奥歯を噛《か》み締《し》めて気合いを入れ直すと、展開される結界の角度を慎重《しんちょう》に変えていく。一歩間違《まちが》えば結界面が崩壊《ほうかい》しそうな中、直角よりも手前に傾斜《けいしゃ》した結界は白銀の奔流をうまく宙へ撥《は》ね上げた。やがて結界面を砕《くだ》こうとしていた圧は、跳ね上げられる力に変わって黄季達の頭上へ抜けていく。

「お前……」

ポツリと、背後に庇った氷柳が呆然《ぼうぜん》と呟《つぶや》く声が聞こえた。

だが今の黄季に背後を振り向いている余裕《よゆう》はない。

「……何の真似《まね》だ、鶺黄季」

白銀の奔流が屋敷を囲う結界にぶつかって空気を揺《ゆ》らす中、開けた視界の先にいる慈雲は感情が抜け落ちた瞳で黄季のことを見据《みす》えていた。泉部長官が新米退魔師《たいまし》……いや、横《よこ》槍《やり》を入れてきた格下の羽虫を見下ろしている。

その視線に気付いた瞬間、黄季の全身は氷水に叩《たた》き落とされたかのような寒気に縛《しば》られていた。

「今の私は泉部長官として動いている。お前が出る幕ではない。下がれ」

「っ……！」

一瞬、言葉の圧に足が無意識のうちに下がった。

だが黄季は奥歯を噛み締めると、下がった足を意志の力で元の位置に引き戻す。ギュッと両手を握《にぎ》りしめた黄季は、叩きつけられる圧に逆らって震える唇《くちびる》を開いた。

「……民間人を無理やり巻き込むのが、泉仙省《せんせんしょう》のやり方だって言うんですか」

役目を終えた結界が儚《はかな》く砕け散る。本音を言うと今の一撃《いちげき》をいなすのに全霊《ぜんれい》を使ってしまっていて、今すぐへたり込んでしまいたかった。

それでも黄季は気力だけで背筋を正し、震える体を叱咤《しった》して氷柳を後ろに庇《かば》ったまま慈雲と対峙する。

「だったら、ますます引けません」

「……お前、本気で言っているのか？　見ただろう、今の一撃を。それでも」

「それでも、ですっ！」

対峙した慈雲は怖《こわ》かった。今までだって黄季は、対峙した慈雲に恐怖《きょうふ》を抱《いだ》いていたから、無意識のうちに逃《に》げる道を選んできた。

だけど今は、逃げられない。

黄季の背後には氷柳がいて、氷柳の前にいる時の黄季は、引けない一念を持った退魔師であるから。

「どれだけ氷柳さんが腕の立つ退魔師で、どれだけすごい力を持っていたって、『戦わない』という選択《せんたく》をした人を無理やり戦場に引きずり出していいはずないじゃないですかっ‼」

黄季の叫《さけ》びに背後の氷柳が息を呑《の》む。だが慈雲の瞳《ひとみ》は冷めたままだ。

その両者の視線を浴びながら、黄季はギリッと握りしめた拳《こぶし》に力を込める。

──俺は、氷柳さんのこと、本当に何も知らないけど、でも！

知らないということを、慈雲の言葉と、今のやり取りだけで嫌《いや》になるくらい突きつけられた。自分にはそれを知るために踏み込むことさえ許されないのだと、氷柳の拒絶《きょぜつ》の言葉を聞いて思い知った。

自分が知ったつもりになっていた氷柳の、何が正しくて何が正しくなかったのかさえ、今の黄季には分からない。慈雲は自分の発言の何が事実で何が嘘《うそ》であったのかを種明かししてくれたが、それが本当に合っているのかどうかさえ黄季には判断することができない。

だけど。

──それでも！

『……戦わなくていい、と』

『そう言われるだけで、ここまで心が救われるとは』

あの言葉だけは本心であったのだろうと、黄季は掛《か》け値なく信じることができるから。

だから、理由なんて今は、それだけでいい。

「理想論だ」

その思いとともに慈雲を睨《にら》みつける黄季に対し、慈雲は瞳を凍《い》てつかせたままだった。表情が消えた顔が、今は氷柳ではなく黄季に向けられている。

「私達泉仙省泉部《せんぶ》の退魔師の肩《かた》には、この国の民《たみ》の命が乗っている。その使命を果たすためならば、使えるモノは何だって使わなければならない。綺麗事《きれいごと》や感傷に心を囚《とら》われていては、救えるはずの命が救えない」

「そのために心を殺せって言うんですかっ⁉　大きなものを守れれば、個人の心はどうだっていいって言うんですかっ⁉」

「国に仕える退魔師ならば、それを当たり前として是《ぜ》と答えねばなるまい」

「……っ！」

ギリッと噛み締めた奥歯が軋《きし》みを上げた。

──多分、長官が言うことの方が、正しい。

慈雲は泉部の長だ。国を守り、民を守り、泉部の部下達を守る責務が慈雲にはある。強力な手札が目の前にあれば、当然使うというのが慈雲としては正しい答えなのだろう。そこにどんな感情があろうとも、『泉部長官』である恩慈雲には関係がない。

──でも、それでも……！

「……俺の家族は、みんな、『戦いたくない』って言いながら、それでもみんなに『戦え』って言われて、みんな戦って死にました」

ポツリと、言葉がこぼれていた。

一度堰《せき》を切ってあふれた言葉は、もう黄季にだって止められない。

「みんな『戦いたくない』って泣きながら戦って、『戦いたくなんてなかった』って泣きながら死んでいきました。父も、母も、兄貴達も、じいちゃんも、ばあちゃんも、みんなみんな」

黄季にだって、分かっている。これはごく個人的な感情で、今論ずるべきことではない。国の大事がかかる場所で並べるべき言葉ではない。振りかざすことができる理屈《りくつ》ではない。

それでも黄季は、叫ばずにはいられない。

『戦いたくない』って、あの言葉が叶《かな》っていたら、俺の家族はみんなまだ笑って生きていられたかもしれない。そう思ってしまうから、俺はっ!! 『戦いたくない』って言葉を、そのまま大切にしたいんですっ!!」

「逆にお前は思わないのか？　お前の家族の犠牲《ぎせい》があったからこそ、お前は今ここで息をしていられるのだと」

「……っ！」

だが叫んだ言葉に返ってきたのは、先程《さきほど》よりもさらに凍てついた言葉だった。それが的確に黄季の心を抉《えぐ》る言葉だと慈雲は知った上で、黄季に言葉の刃を突《つ》き立てる。

「仮にお前の願いが叶っていたとしても、お前の家族はお前を含《ふく》めて、全員戦わないまま死んでいたかもしれない。……お前が今強情《ごうじょう》を通そうとしている選択肢《せんたくし》は、それと同じことだ」

むしろそれより大きなことなのだ、ということを、慈雲はあえて言葉にはしない。黄季があえて自力でそこに行き着くように余白を残した物言いは、黄季自身がその結論を導き出すからこそ直接言葉を突き付けられるよりも残酷《ざんこく》だった。

あるいは慈雲が真にその言葉を突き付けたかった相手は、黄季ではなくその背後に庇われた氷柳の方だったのか。

──俺の家族は、十一人分の命で俺一人の命を救った。だけど今氷柳さんに突き付けられている選択は、氷柳さん一人の意思と、この都の命運を天秤《てんびん》に載《の》せてる。一人の犠牲で数多《あまた》の命を救えるならば、国に仕える退魔師として『数多の命』を取るのは当然のこと。おまけに『一人の犠牲』と言っても、その一人に命を差し出せと言っているわけではない。

それでも。それを十分に理解していても。

「……俺は、あの時、生き地獄《じごく》を、味わったんです」

『黄季』

『黄季、お前は……』

事あるごとに聞こえる声は、忘れたくない優《やさ》しい声であると同時に、黄季の後悔《こうかい》と生き地獄を煮詰《につ》めた声でもある。黄季が今の氷柳のように光をなくした瞳を晒《さら》していた時に、何度も何度も繰《く》り返し耳の奥に響《ひび》いていた声。

あの声が一生自分の耳から消えることはないだろうし、消えることを望んでいるわけでもない。

だからこそ。

「心を踏《ふ》みにじられて、それを当たり前だとされて。……それが現実から逃げ続けて生きることよりも苦しいと知っているのに、それでも戦えなんて……言えるはず、ないじゃないですか」

『鶴の麒麟児《きりんじ》』

かつてそう呼ばれた黄季は、今慈雲が氷柳に突き付けている選択と似たような選択肢を突き付けられたことがある。その時に黄季は、自分で道を選ぶよりも先に家族が作ってくれた逃げ道に押し込められた。

その結果、黄季の家族は全員戦死した。家族の遺志と、その結末を招いた自分の行動への後悔を抱《かか》えて、黄季は今を生きている。

だからこそ、たとえ反対側の天秤に載せられているのが国であったとしても、氷柳の思いを無視して振《ふ》りかざされる『正論』に黙《だま》って頷《うなず》くことなんてできなかった。

「長官が言ってることは、分かってます。正しいってことも、分かってます。……ええ、分かってますよっ、そんなことっ!!」

黄季の絶叫《ぜっきょう》を叩《たた》きつけられても慈雲は微塵《みじん》も揺《ゆ》らがなかった。揺らいでいるのはむしろ黄季の方だろう。

それを自覚していながらも、黄季は牽制《けんせい》するように腕《うで》を振り抜《ぬ》いた。黄季の腕の軌跡《きせき》に琥珀色《こはくいろ》の燐光《りんこう》が散る。黄季の霊力《れいりょく》に応《こた》えて、地脈から引き出された力が燐光として可視化されているのだ。

「恩長官、俺は長官のやり方に納得《なっとく》できないし、引けませんっ!! 氷柳さんを無理やり戦わせたりなんかしたくないっ!!」

「私が泉部長官として立ち回っていることを承知の上で言うんだな？ これが明確な反逆行為《こうい》であることも、承知の上で」

その言葉に背後から引き攣《つ》れたような息遣《いきづか》いが聞こえたような気がした。今まで凍《こお》りついたように動きがなかった氷柳が、明らかに今感情を揺らしている。

それが分かっていても、黄季はあえて背後の気配を意識から締《し》め出して叫んだ。

「全《すべ》て承知で従えませんっ!!」

黄季は真っ直《す》ぐに慈雲を睨みつけたまま、刀印を結んだ右手を慈雲に向かって突きつけた。

「貴方《あなた》が氷柳さんを無理やり引っ張り出すと言うならば、俺は全力で阻止《そし》しますっ!!」

その言葉に、今度こそ慈雲の瞳《ひとみ》から完全に感情の色が消えた。しん、と全てを凍てつかせた慈雲は、氷のような面《おもて》で黄季を見据《みす》えた後、ゆっくりと氷柳へ視線を移す。

「……そういやお前、こいつに『氷柳』って名乗ったんだな」

脈絡《みゃくらく》もなくそう言い放った声にも、感情はない。少なくとも黄季にはそう聞こえた。

それなのに背後に庇《かば》った氷柳が、振り返らなくても分かるくらいはっきりと動揺《どうよう》を露《あら》わにする。

「何でわざわざその呼び名を名乗ったんだ？　お前、最初から『そうありたい』って願ってたんじゃねぇの？」

黄季には慈雲が氷柳に向ける問いの意味を推《お》し量ることはできない。だがそれは最初からずっと変わらない。だから黄季は引っかかりのある言葉に抱《いだ》いた疑問も意識から締め出してしまう。

「だったらお前の立ち位置は、そこでいいのかよ？」

考えることをやめた黄季は術を組むべく印を切る。そんな黄季を叩き潰《つぶ》すべく、慈雲の指先も動き出す。

──先手を取られたら勝てない……！

全ての迷いを振り切った黄季は、普段《ふだん》なら絶対に選べない上位攻撃呪《こうげきじゅ》の印を組み上げると呪歌《じゅか》を紡《つむ》ぐべく唇《くちびる》を開いた。

だが黄季が最初の一文字を音に乗せるよりも、ドンッと背後から衝撃《しょうげき》が走る方が早い。

「えっ？」

予期せぬ衝撃に足がふらつく。

その瞬間《しゅんかん》、突如《とつじょ》目の前の地面にぽっかりと大穴が口を開けた。その場に踏み止《とど》まろうとした体は衝撃を受け流そうと反転するが、広がった穴は容赦《ようしゃ》なく黄季の足場を奪《うば》う。

「……お前を、この庭に入れなければ良かった」

視界が反転した先に、氷柳がいた。背中を押したのだろう腕をそのままに、氷柳は落ちていく黄季をただ静かに見つめている。

その顔に見たことがない感情が宿っているのを見つけた黄季は、状況《じょうきょう》も忘れて目を見開いた。

「そうすれば私は」

変わることなく、ここに在り続けることができたのに。

——氷柳さん？

無意識のうちに、手が伸《の》びていた。

——何でそんな、泣き出しそうな顔を……

だが黄季が腕を伸ばし切るよりも先に、バシャリと背面から水音が上がる。

その瞬間暗転した黄季の視界は、次に瞬《まばた》きをした時にはまったく違《ちが》う世界を映し出していた。

「え……っ」

そこは、人気《ひとけ》のないどこかの裏路地だった。日の光が遮《さえぎ》られているせいで薄暗《うすぐら》い四つ辻《つじ》の角に、黄季は呆然《ぼうぜん》と座り込んでいる。水音はいまだに耳にこびりついているのに、体が濡《ぬ》れた感触《かんしょく》はなかった。

「チッ、お前ごと弾《はじ》き出しやがった」

訳が分からず呆然と座り込む黄季の耳を不機嫌《ふきげん》な声が叩く。ハッと顔を上げて声の方を見遣《みや》れば、黄季と同じように慈雲が座り込んでいた。

「相変わらず化け物かよ。こんな強硬《きようこう》手段を指先ひとつで実行しちまうなんて。あーもう、ここまでされちゃお手上げだわ」

行儀悪《ぎようぎわる》く地面に座り込んだままの慈雲は、頭を掻《か》きむしりながらぼやき声を上げていた。衣《ころも》が汚《よご》れることも厭《いと》わずあぐらをかいた慈雲は、舌打ちをしながらさらに続けてブツブツと何事か文句を呟《つぶや》いている。

そんな慈雲の様子を見ていてようやく自分が強制退場を喰らったのだと気付いた黄季は、無意識のうちに氷柳の屋敷《やしき》を捜《さが》すために地脈に自分の霊力を潜《もぐ》り込ませていた。

だがどれだけ探《さぐ》ってみても、黄季が知っている『流れ』も『澱《よど》み』も、黄季の感覚に引っかかってくれない。いつも見つけられていた気配が、今はどれだけ探ってみても見つからない。

「……え」

それでもどうすればいいのか分からず、黄季はひたすら無駄《むだ》な探索《たんさく》をし続ける。

そんな黄季を叱《しか》りつけるかのように、何かが黄季の手元に落ちた。ノロノロと視線を落とした黄季は、そこに小さな円い鏡が転がっていることに気付く。

「……これ」

『水鏡《すいきょう》』の呪が施《ほどこ》された鏡だった。市で慈雲と対峙《たいじ》した時に反射的に懐《ふところ》に突《つ》っ込んで隠《かく》して、そのままになっていたのだろう。

黄季は考えるよりも早く、縋《すが》るように鏡へ呪力を流し込んでいた。

この鏡は、氷柳の屋敷に置かれた水盤《すいばん》と呪力的に繋《つな》がっている。呪力さえ通えば、屋敷を見つけられなくなった今でも、呪そのものは発動するはずだ。

だから黄季は何も考えられないまま、鏡にひたすら呪力を通す。

だがどれだけ力を通わせようとも、鏡面には氷柳はおろか、屋敷の景色が映ることさえなかった。濁《にご》った鏡面はただ、呆《ほう》けた黄季の顔の輪郭《りんかく》を曖昧《あいまい》なままわずかに映し出すだけだ。

「……氷柳、さん？」

弾き出した、と呟いた慈雲の声は、さっき聞いていた。

「氷柳さん……っ、氷柳さんっ‼」

それでも黄季はそれ以外の言葉を忘れてしまったかのように、たったひとつの名前を繰《く》り返し呼び続けた。

もう応《いら》えはどこからも聞こえることはないのだと心のどこかで理解していながらも、その呼び声を止めることなんて、できなかった。

伍

あの日から、ひと月が過ぎた。

初夏。陽《ひ》の力は日に日に強くなり、風はすでに熱をはらみつつある。春に孵《かえ》った雛鳥《ひなどり》達が巣立ちの訓練を始める頃《ころ》だ。

そんな時季に合わせるかのように、翼編《よくへん》試験は行われる。

「なぁ、黄季《おうき》。本当に出ねぇの？　翼編試験」

「黄季だって、長官から参加許可はもらってたんだろ？　何でわざわざ辞退なんかするんだよ？」

試験当日は、数ヶ月前に入省したばかりの一年次組には揃《そろ》って休みが与《あた》えられる。受験資格を得た二年次以上の新米達と、試験官を務める上役達、試験進行を助ける先輩《せんぱい》達が揃って試験地へ出払《ではら》うために、一年次達の面倒《めんどう》を見る人間がいなくなるからだ。通常業務は変わらず発生しているから、試験に関《かか》わらない残りの面々は現場に出払ってしまって、泉仙省《せんせんしょう》からはほとんど人気が消える。

そんな中、翼編試験の受験を蹴《け》って留守居役を申し出た黄季は、集合の号令がかかっているにもかかわらず目の前でむくれている同班同期二人に微苦笑《びくしょう》を向けていた。

「ちょっとさ、体調が悪くて、試験に集中できそうにないんだよね。ほら、下手に集中力を欠くと、自分だけじゃなくてみんなも危険に巻き込むじゃん？」

「それは……そうかもしんねぇけども」

「でも黄季！」

「ほら、もう集合かかってんだろ？　行ってこいよ」

翼編試験は都の外れにある『海』と呼ばれる忌地《いみち》で行われる。忌地に引き寄せられる妖《よう》怪《かい》を実際に討伐《とうばつ》する形式で行われる実地試験だ。

泉仙省と『海』はそれぞれに設置された転送陣《じん》で行き来ができる。会場準備役や監督《かんとく》役は先に現地入りしていて、今かかっている号令は試験受験者と引率役を対象にした最終号令であるはずだ。これを乗り逃《に》がすと新人では陣を動かせないから、明顕《めいけん》と民銘《みんめい》も今年の試験をすっぽかすことになる。

「二人は長官の認可《にんか》の他《ほか》に、魏《ぎ》上官の推薦《すいせん》までもらえたって話だったろ？　絶対に受かって、怪我《けが》もなく無事に帰ってきてくれるって、信じて待ってるからさ。……俺の分まで、頑張《がんば》ってきてよ」

「黄季……」

柔《やわ》らかい微笑《ほほえ》みとその言葉で、二人もようやく諦《あきら》めがついたのだろう。それでも名残惜《なごりお》しそうに二人は黄季の前から動こうとはしない。

そんな二人の姿に、黄季は二人に覚《さと》られないようにそっと苦笑を深めた。

――二人にここまで思ってもらえたなんて。

そのことが嬉《うれ》しくて、ほんの少しだけ申し訳ない。

それでも黄季はもう、心を決めてしまった。二人は黄季の不参加をゴネてくれたが、黄季はすでに参加辞退の旨《むね》を事前に慈雲《じうん》に伝えてしまっているから、実質今の黄季に参加資格はない。

早く二人を行かせなくては、と思った瞬間、コツ、コツ、と微《かす》かな足音がこちらに向かってくるのが聞こえた。顔を上げて音の方を見遣れば、視線に応《こた》えるかのように鮮《あざ》やかな緋色《ひいろ》の袍《ほう》が翻《ひるがえ》る。

「こんなところで何をしているのですか？　李《り》明顕、風《ふう》民銘。すでに集合の合図が出ているでしょう。捜しましたよ」

「魏上官！」

「申し訳ありません！」

姿を現したのは、魏浄祐《じょうゆう》次官補だった。言葉で二人を叱りながらも顔にはいつも通り淡《あわ》く笑《え》みを浮《う》かべているやり手の上官に、明顕と民銘は慌《あわ》てて拱手《きょうしゅ》で応える。

そんな二人に穏《おだ》やかに頷《うなず》いた浄祐は、次いで黄季に視線を向けた。

「鶡《ばん》黄季、あなたは受験を辞退したという話でしたが、何か理由でも？」

「え。あ、えっと……」

急を要する場面であるはずなのに自分にまで問いを向けられるとは思っていなかった黄季は、二人に倣《なら》って拱手しながらも言葉に詰《つ》まった。同時に、浄祐が自分に向ける視線の冷たさに気付いてスッと背筋に悪寒《おかん》が走る。

──魏上官の目って、いつもこんなに冷たかったっけ？

「ちょっと、体調が……」

「鶡黄季の辞退は、心身の不調を理由とした本人からの申し入れだ。理に適《かな》うものであるし、他人がとやかく言うことでもない」

その寒気に言葉を詰まらせた瞬間《しゅんかん》、答えは黄季のものではない声によって紡《つむ》がれた。新たな声の参戦に黄季達新人組が顔を跳《は》ね上げる中、浄祐だけが悠然《ゆうぜん》と声の方を振《ふ》り返る。

「おや、長官。なぜこちらに？」

部屋の入り口にいつの間にか佇《たたず》んでいたのは、慈雲だった。足音さえ気付かせずに姿を現した慈雲は、今度は足音を響《ひび》かせながら部屋の中へ入ってくる。

「留守居役を引き受けてくれた鶡黄季に、伝えておきたいことがあって捜《さが》していた」

「長官御自《おんみずか》らお伝えするようなことが？」

「伝言を頼《たの》める手隙《てすき》の人間が周囲にいなかったからな」

　慈雲を見つめる浄祐の顔には、相変わらず薄《うっす》らとした笑みが乗せられている。だが慈雲が一行の前で足を止めた瞬間、浄祐が不機嫌《ふきげん》を表すかのように微かに瞳《ひとみ》をすがめたのを黄季は確かに見た。

「魏次官補、二人を連れて転送陣へ向かってくれ。全員揃ったならば、出発を」

「長官はどうなさるので？」

「間に合わなかったら個人的に飛ぶ。今日転送陣の管理を引き受けてくれた藴《うん》老師にも話はつけてある」

　慈雲からの指示に浄祐はすぐには返事をしなかった。まるで慈雲の真意を探《さぐ》るかのように、浄祐は表面上だけ笑みを湛《たた》えたままじっと慈雲を見つめる。対する慈雲は長官としての威厳《いげん》を崩《くず》すことなく、上から注がれる浄祐の視線を受け止めていた。

「……承《うけたまわ》りました」

　沈黙《ちんもく》は、呼吸に直せば一呼吸で済む時間のものだったのだろう。

　だがそれ以上に圧縮された圧と感情の応酬《おうしゅう》がそこにはあった。その果てに、先に視線を逸《そ》らしたのは浄祐だ。

「行きますよ、李明顕、風民銘」

「は、はい！」

　二人にも慈雲と浄祐が醸《かも》した異様な空気は察知できたのだろう。呼びかけにビクリと肩《かた》を跳ね上げた二人は、慌てて浄祐の後を追いながら、途中《とちゅう》で気付いて黄季に小さく手を振る。

そんな二人に手を振り返してから、黄季はその場に残った慈雲に向き直った。

二人きりで対峙《たいじ》するのは、氷柳《ひりゅう》の屋敷《やしき》から叩《たた》き出された後、二回目だ。一回目は数日前、翼編試験受験辞退を伝えた時である。

そう、黄季の立場から言えば、本来慈雲と直接会話をする機会なんて、それくらいしかない。

「……御用件を、お伺《うかが》いします」

ユルリと拱手した黄季に、しばらく慈雲は無言のまま視線を向けていた。そんな慈雲に対して、黄季も無言のまま視線を向け続ける。

部屋の中を、ゆるく沈黙が満たした。他の人間は移動を完了《かんりょう》させたのか、泉仙省の建物の中は常にないほどの静寂《せいじゃく》で満たされている。

その静寂に溶《と》け込ませるかのように、ユルリと慈雲が唇《くちびる》を開いた。

「……その様子だと、相変わらずあいつとは会えてないみたいだな」

「……っ」

無反応のまま、やりすごしたかった。だが引き攣《つ》れる呼吸を黄季は隠《かく》すことができない。

黄季が言葉を発さなくても、音にならない微かな呼吸音と震《ふる》えた瞳だけで答えは十分だったのだろう。慈雲は瞼《まぶた》を閉じると細く溜《た》め息をつく。

「仕込みに五年もかかったっつーのに。また新たな手を考えねぇといけねぇのかよ」

「っ……！」

その言葉に今度は、苛立《いらだ》ちに似た感情が意識を揺《ゆ》らした。

──誰《だれ》のせいでこんなことになったと思っているんですかっ⁉

立場も状況《じょうきょう》も忘れて衝動的《しょうどうてき》にそう叫《さけ》びたくなる。同時に、いまだに氷柳を表へ引きずり出すことを諦めていないことに対しても強い怒《いか》りを感じていた。

氷柳は、黄季ごと慈雲を切り捨てることで、慈雲からの要求に否《いな》を返した。それでもう終わりでいいではないか。慈雲は氷柳がなぜああなったのかを黄季よりも知っている。その上でなぜそっとしておいてあげないのかと、黄季は怒りに任せて声を荒《あら》らげたい衝動に駆《か》られた。

それができなかったのは、ひとえに黄季が怒声《どせい》を上げるよりも早く、慈雲が次の言葉を紡いだからにすぎない。

「ま、俺だって立場が違《ちが》えばああなってたわけだ。涼麗《りょうれい》の心境は分からなくもねぇよ。勝敗は最初から三・七くらいだとは思ってたし、抵抗《ていこう》も織り込み済みだったけどな」

「え……」

慈雲の口からこぼれたのは、氷柳の行動を肯定《こうてい》する言葉だった。思いがけない言葉に、黄季は怒りも忘れて慈雲を見上げる。

——長官が、ああなってたかもしれなかった？

世界を捨てて屋敷に引き籠《こ》もった氷柳と、泉仙省泉部《せんぶ》を率いる慈雲。その存在は対極にあるようにも見えるし、事実、あの場で氷柳と慈雲の主張は真っ向から対立しているように聞こえた。黄季には慈雲が氷柳のように厭世的《えんせいてき》に屋敷に引き籠もっている姿など想像もできない。

「俺も、あの大乱で、失ったから」

何を言っているのか、という黄季からの疑問を、慈雲は察してくれたのだろう。

慈雲は浮かべていた笑みの中にほんの一匙《ひとさじ》だけ違う感情を混ぜながら、己《おのれ》の腰《こし》に視線を落とした。

「……後翼《こうよく》だったくせに、前翼《ぜんよく》だった俺よりもよほど前線に出てきやがる野郎《やろう》だった。それでいて、絶対に俺のことは何からも守ってくれる、腕《うで》のいい後翼だったよ」

その視線の先を追った黄季は、そこに揺れるふたつの佩玉《はいぎょく》に目を瞠《みは》る。

普段《ふだん》慈雲の腰にあるのは、泉部長官を示す翡翠《ひすい》の佩玉だ。だが今はそこに紫水晶《むらさきずいしょう》に青輝石《せき》を組み合わせた佩玉と、同じく紫水晶に赤輝石を組み合わせた佩玉のふたつが下げられている。色違いの佩玉にはともに、鳥兜《とりかぶと》の群れの中から三日月が昇《のぼ》る意匠《いしょう》が刻まれていた。

対《つい》であることを誓《ちか》った一対は、揃《そろ》いの意匠で色違いの佩玉を持つ。一対が名を馳《は》せるようになれば、その佩玉の意匠から取られた名前で呼び習わされるのが常だ。

——確か、長官は大乱前まで『猛華比翼《もうかひよく》』って呼ばれてたって。大乱前まで慈雲は氷柳達『氷煉比翼《ひれんひよく》』と並《なら》び称《しょう》される退魔師《たいまし》であったと、風の噂《うわさ》で聞いたことがある。だがそんな慈雲の相方と目される人間は、今の泉仙省《せんせんしょう》には存在していない。今の慈雲が現場に出る時は、例外的に相方を置かずに単騎《たんき》であるのが常という話だ。

——退役《たいえき》したんじゃなくて、亡《な》くなってた？

対を失って八年間、慈雲は現職退魔師でありながら新たな対を傍《かたわ》らに置こうとは考えなかったのだろう。腰で揺れるふたつの佩玉に愛《いと》おしそうに触《ふ》れる指先を見れば、慈雲にとっての対は亡くした相方をおいて他《ほか》にないのだということが言葉にされなくても分かってしまう。

「涼麗は、相方の命を国に取られた。おまけにそれが、本来ならば自分が果たすはずだった役目を相方に奪《うば》われた末の話、だからな」

「えっ」

——本来ならば自分が果たすはずだった役目？　相方に奪われた？

つまりそれは、氷柳こそが本来死ぬ定めだったということか。

とっさに疑問が胸中を過《よぎ》ったが、その疑問は慈雲の表情を見た瞬間、声に出せないまま掻《か》き消えた。

「無二の相方であり、あいつにとっては世界の全《すべ》てでもあった相手の落命を代償《だいしょう》に存続した世界なんざ、見たくもねぇって気持ちは嫌《いや》でも分かる」

これでも一応な、と囁《ささや》くように続けた慈雲の口元には、やるせない笑《え》みが浮《う》いていた。その表情を見れば、今慈雲が口にした言葉は偽《いつわ》りなく慈雲の本心なのだろうということが分かってしまう。

だからこそ黄季は納得《なっとく》できなかった。

「だったら、どうして……！」

慈雲はきっと、黄季以上に、黄季が考えていた以上に、同じ立場から氷柳の心境を理解している。

ならばなぜ、あんな所業に出たのか。氷柳の心の傷の深さを分かっていながら、氷柳の心を踏《ふ》みにじるような暴挙に出たのか。

「ただただうずくまり続けるだけじゃ、何も変わんねぇ。何も変えらんねぇ」

感情が整理できずに言葉に詰《つ》まる黄季の前で、不意に慈雲が纏《まと》う空気を変えた。

「俺はあの大乱で、無二の相方を失った。俺だけじゃない。誰もがあの大乱で、自分の命よりも大事なモンを失って、己の心臓を踏みにじられる以上の痛みを植え付けられた」

その言葉に、黄季は我《われ》知らず息を呑《の》んでいた。

そんな黄季に視線を据《す》えた慈雲は、泉仙省泉部長官としての顔で凛《りん》と覚悟《かくご》を口にする。

「その痛みを、俺はもう誰にも味わわせたくない。だから俺は、その痛みも後悔《こうかい》も全部噛《か》み締《し》めて噛み砕《くだ》いて前へ進む。そのためならばどんな札だって切ると、俺は長官の座についた時に決めた」

――同じ、だ。

黄季も、あの大乱で家族を亡くした。家族は全員『戦いたくなかった』と涙《なみだ》を流して死んでいき、最後まで庇《かば》われ続けた黄季だけが生き残った。本来ならば庇われるべき立場にいなかった黄季だけが、生き残った。

その痛みを、黄季は今でも忘れていない。その痛みがあったからこそ黄季は、ここまで走り続けることができた。

『戦いたくない人は戦わなくてもいい世界を創《つく》りたい』

黄季がそう志した根本と、慈雲の覚悟の根本には、同じ感情が根ざしている。

――知らなかった。

慈雲にそんな感情があったなんて、知らなかった。どこか遠い存在で、黄季には理解できないはるか高みにいる相手だと思っていたのに。ひどく似通った感情が互《たが》いの中にあるなんて、思ってもいなかった。

「……勝敗は最初から三・七くらいだろうと思ってたって言ってましたけれど」

気付いた時には黄季は、無意識のうちに問いを口にしていた。

「その『勝が三』という割合の根拠《こんきょ》は、どこにあったんですか？」

慈雲は氷柳の抵抗を織り込み済みだったという。だが黄季の解釈《かいしゃく》が間違っていなければ、それでも慈雲は万が一、億が一にも氷柳を説得できるかもしれないと思っていたということだ。その自信がどこにあったのかが、黄季には今ひとつ分からない。

黄季が問いかけた瞬間、慈雲は虚《きょ》を衝《つ》かれたかのように目を瞬《また》かせた。

だがその表情はすぐに広がった笑みに塗《ぬ》り替《か》えられる。

「あいつがお前を弟子《でし》に取ったって、お前の退魔術を見て知ってたからな」

「え？」

「『己の全て』とも言える存在を失って、もうこの世の何もかもと関《かか》わることをやめたはずの涼麗が、お前とだけは関わることを選んだ」

今度は黄季が目を瞬かせる番だった。そんな黄季に、慈雲は屈託《くったく》なく笑いかける。今この瞬間だけは、慈雲は何も含《ふく》むことなく純粋《じゅんすい》に笑っているのだと無条件に信じることができる笑顔だった。

「『氷柳』って呼び名はな、『氷柳煉虎《れんこ》』……氷煉比翼の呼び名の謂《いわ》れになった特別な呼称《こしょう》だ。片翼《かたよく》としてのあいつの呼び名で、あいつは今までその呼び名を永膳《えいぜん》にしか許してこなかった。ある意味、本名よりも重い名前だ」

その笑顔を向けられたまま告げられた言葉に、黄季は息をすることさえ忘れた。

――ただの愛称《あいしょう》じゃ、ない？

「俺は嬉《うれ》しかったぜ？　あいつを『氷柳』って呼ぶ人間が再び現れたこと。それがお前だったってこと」

笑みを残したまま一方的に話を締め括《くく》った慈雲は、ヒラリと片手を振ると身を翻《ひるがえ》した。

カツコツと慈雲特有の重くて早い足音が消えた後には、静寂《せいじゃく》だけが周囲を満たす。

その静けさの中で、黄季は慈雲に投げかけられた言葉の意味を、ずっと考えていた。

『「氷柳」って呼び名はな、「氷柳煉虎」……氷煉比翼の呼び名の謂れになった特別な呼称だ』

「……はぁ」

気付くと、また朝聞いた慈雲の言葉を反芻《はんすう》していた。

黄季は整理していた書類を卓《たく》の上に戻《もど》すと、しばらくぼんやりと手元を見つめた。もう朝から何十回この仕草を繰《く》り返したか分からない。

決まって頭を巡《めぐ》るのは、今朝聞かされた慈雲の話だった。その言葉に引きずられるように、あの日、黄季を穴に突《つ》き落とした時の氷柳の顔が脳裏《のうり》を過《よぎ》って、胸の奥がキシキシと痛む。

「……」

黄季は一度ダラリと背もたれに身を投げ出すと、そっと右手を腹の上に置いた。そこから指先を胸元《むなもと》に向かって滑《すべ》らせれば、途中《とちゅう》で硬い感触《かんしょく》が指先に触れる。その縁《ふち》を辿《たど》ってみれば、あの日からずっと懐《ふところ》に入れ続けている円鏡の形が嫌でも意識させられた。

『水鏡』の呪が施された鏡は、このひと月、一度も像を結んでいない。

あの日、気付いた時には黄季は一人で裏路地の辻《つじ》に取り残されていた。慈雲がいつ姿を消したのかも、そこから自分がどうやって自宅まで帰り着いたのかも、確かな記憶《きおく》は何もない。ただずっと、鏡に向かって壊《こわ》れたかのように氷柳の名前を呼びかけ続けていたような気がする。

意外だったのは、翌日からの慈雲の態度だった。

あれだけ黄季ははっきりと正面から対立し、結果的に慈雲の計画を潰《つぶ》す形になったというのに、黄季に対する慈雲の態度は以前と何ひとつ変わることがなかった。翼編《よくへん》試験の受験も、慈雲が黄季に何らかの罰則《ばっそく》を与《あた》えたから受験できなかったわけではない。黄季が自分の判断で今年の受験を見送っただけだ。むしろ慈雲は今朝のように、他者を相手にしている時よりも砕けた態度で接してくれるようになった。

――明顕達に後《おく》れを取るのは悔《くや》しいけど、でも……

こんなに心を揺《ゆ》らした状態で試験に臨《のぞ》んでも、結果が惨憺《さんたん》たるものになることは分かり切っている。試験といえども、内容は普段《ふだん》の捕物《とりもの》とほぼ変わりがないという話だ。こんな状態で危険と分かっている現場に立てば、明顕達に語ったように自分の命どころか同じ現場に立つ周囲の人間の命までをも危機に晒《さら》してしまうだろう。

だから黄季は、まだ冷静に判断できる頭があるうちに、自分から慈雲に翼編試験辞退の旨《むね》を申し出た。

理由の説明もせず、ただ『辞退させてください』とだけ切り出した黄季をしばらく見つめていた慈雲は、無言のまま黄季の頭をクシャクシャと撫《な》でた後、ヒラリと手を振って返事に代えた。黄季があんなことをしでかしたというのに慈雲のその仕草には笑みを含んでいるような余裕《よゆう》があって、黄季はますます自分との違《ちが》いに奥歯を噛み締めた。それが数日前の話だ。

――切り替えなきゃいけないんだ。……諦《あきら》めなきゃ、いけないんだ。

そう思いながらも思い浮《う》かぶのは、穴に突き落とされた瞬間《しゅんかん》に垣間見《かいまみ》た氷柳の顔だった。

その表情が脳裏を過るたびに、黄季の胸はズキリと鈍《にぶ》く痛む。

――今にも泣いてしまいそうな顔、してた。

『お前を、この庭に入れなければ良かった』と、あの時の氷柳は言った。言葉は完全に黄季を拒絶《きょぜつ》していた。

それなのにどうして、あんなにも泣き出しそうな顔をしていたのだろうか。泣いてしまいたいのは、黄季の方なのに。

――あんな顔を見ちゃったから。……全部忘れて、元の生活に戻ることもできない。

氷柳と出会ってふた月。顔を合わせていた期間だけで言えば、ひと月程度。

たったそれだけの関係だ。会いに行けなくなったならば、教えられたことを胸に刻み、前だけを見据《みす》えて自己研鑽《けんさん》に励《はげ》めばいい。今の黄季ならば、自力でもある程度は力を伸《の》ばすことができるだろう。

それなのに黄季は、ふと気が付くと氷柳の屋敷《やしき》の場所を捜《さが》している。

修祓《しゅうばつ》現場に回された時に。帰宅している間に。ふと、あの屋敷の気配を掴《つか》もうと気を張り詰めている自分に気付く。

そんな自分を改めて自覚して、黄季はほろ苦い笑《え》みを口元に落とした。

――恩《おん》長官でさえ見つけられない屋敷を、俺なんかが見つけられるはずもないのに。

『俺は嬉しかったぜ？　あいつを「氷柳」って呼ぶ人間が再び現れたこと。それがお前だったってこと』

「……」

そのことに思いを馳《は》せた瞬間、また慈雲の言葉が耳の奥に蘇《よみがえ》ったような気がした。

――本名を明かせなかったから、愛称を教えてくれたんだとばっかり……

『氷柳』という呼び名は本名よりも重い名だと、慈雲は言っていた。かつて同期としてともにあった慈雲が言うならば、それは間違いのないことなのだろう。

『何でわざわざその呼び名を名乗ったんだ？　お前、最初から「そうありたい」って願ってたんじゃねぇの？』

ならばあの問いには、きっと黄季が引っ掛《か》かりを覚えた以上の感情の応酬《おうしゅう》が込められていたのだろう。

だが黄季には、その問いの真意を量ることができなかった。同時に『「氷柳」の名を呼ぶ人間が再び現れたことが嬉しい』と語った慈雲の言葉をどう受け止めればいいのかも分からない。

だってあまりにも黄季は、氷柳のことも、慈雲のことも、知らないから。

――俺に『氷柳さん』って呼びかけられて、どんな気分だったのかな……

対《つい》としての彼を呼ぶための、名前。

対を亡《な》くしてから、氷柳は全《すべ》てとの関わりを断《た》ってあの屋敷の中で独りで暮らしてきた。大乱が終わってからならば、八年間、氷柳はあの生活を続けてきたことになる。氷柳が自ら退魔術《たいまじゅつ》を行使しなかったのは、恐《おそ》らく霊力《れいりょく》の波動から居場所を割られることを防ぐためだ。氷柳は本当に何もかもを捨て去って、あの幻《まぼろし》の庭の中にあり続けてきたのだろう。

そんな生活を一変させたのが、黄季だ。

『氷柳』と彼に呼びかけ、退魔術の教えを乞《こ》うた。氷柳が捨ててきたモノを拾い上げて差し出すような行為《こうい》だったのではないかと、今更《いまさら》になって黄季は思う。

──きっと、俺が口にする『氷柳さん』と、氷柳さんが聞いていた『氷柳さん』の響《ひび》きは、違ってたんだろうな。

それが良い意味で違っていたのか悪い意味で違っていたのか、黄季にはもはや判断する術《すべ》はない。全て終わってしまった今、過去のことをあれこれと思い悩《なや》むことしか黄季には許されていないのだから。

──でも氷柳さんは、多分、最後まで俺を庇《かば》ってくれてた。

そうでありながら黄季は、氷柳について考えるのを止めることができない。全てはもう過去のことだと割り切らなければと思っているくせに、少しでも氷柳が自分の存在を好意的に捉《とら》えてくれていたはずである証拠《しょうこ》を探そうとしている。

──長官を弾《はじ》き出す時に一緒《いっしょ》に俺まで弾き出したのはきっと、俺を守るためっていう意味もあったはずだから。

黄季が真っ向から慈雲と対峙《たいじ》したあの瞬間、背中越《ご》しに感じた気配は明らかに動揺《どうよう》していた。常に冷静沈着《ちんちゃく》だった、あの氷柳が、だ。

無位階の新人が長官に逆らえば未来はない。良くて永久に無位階のまま雑用、最悪の場合は何らかの処罰《しょばつ》を与えられた上で王宮から追放といったところか。どのみちこの先退魔師としてやっていく道は断たれるだろう。かつて泉仙省《せんせんしょう》に所属し『氷煉比翼《ひれんひよく》』の名を取った氷柳には、その辺りの事情が黄季よりも見えていたに違いない。

黄季と慈雲の間に決定的な亀裂《きれつ》を生まないためには、黄季を氷柳から切り離《はな》すしかない。それも氷柳側から、もう黄季には氷柳に関《かか》わる術がないのだと、誰《だれ》からも一目見て分かる形で徹底的《てっていてき》に。

氷柳に関わる術がなければ、慈雲から見て黄季は利用価値のないただの新人だ。そして無力な黄季は、そのまま大人しく元の日常に戻るしかない。

──氷柳さんは、きっと根がお人好《ひとよ》しだから。

『……お前を、この庭に入れなければ良かった』

だから黄季は、あの言葉がただの純粋《じゅんすい》な拒絶ではなかったのだと思いたい。

『そうすれば私は……変わることなく、ここに在り続けることができたのに』

だけど、そこにどんな感情が込められていたのかまでは、分からない。

「……ねぇ、教えてください、氷柳さん」

対を得たことがない黄季は、対を失う痛みも知らない。慈雲のように氷柳の心境を理解することはおろか、その痛みを推《お》し量ることさえできない。

だからこんなことを思うのは、己《おのれ》の傲慢《ごうまん》さが為《な》せる業《わざ》だと分かっている。

それでも、黄季には氷柳に投げかけたい問いがある。

「氷柳さんってまだ、長官が言う通りに『この世の何もかもと関わることをやめた状態』なんですか？」

ならばなぜ、俺に指導をつけようと思ってくれたんですか？

俺の帯飾りに長官が細工をしていると気付いていながら、どうして俺を遠ざけようとはしなかったんですか？

いずれこうなるかもしれないと分かっていながら、何を考えて俺と接していたんですか？

俺が……

「それでも俺が、あの寂《さび》しい世界に独りでいてほしくないって氷柳さんに願うことは、傲慢なことなんですか？」

言葉にしてしまったら、ジワリと目尻《めじり》に涙《なみだ》がにじんだのが分かった。そんな己を叱咤《しった》する気力も、今はもう残っていない。

常より人気《ひとけ》が少ない今ならば、少しだけ泣いてしまっても見咎《みとが》められないかもしれない。

いっそ一度きちんと泣いてスッキリしてしまおう。ついでに顔を洗ってくればきっと誰にも気付かれない。

そう考えた黄季は、泣き場所を求めて席を立とうと椅子《いす》から腰《こし》を浮かせる。

その瞬間、だった。

「っ⁉」

ドンッという地響《じひび》きが感覚を揺《ゆ》らし、強烈《きょうれつ》な悪寒《おかん》が黄季の体を貫《つらぬ》く。ザッと血の気が引く音が実際に聞こえたような気がした。

「な……っ⁉」

思わず目を瞠《みは》った黄季は体勢を保てずに椅子の上に腰を落とす。だが明らかに揺れたと分かったはずなのに、卓《たく》の上の書道具も泉仙省の部屋の中もやけに静かだった。

訳が分からずに周囲を見回すと、一度体を突《つ》き抜《ぬ》けた悪寒が今度は寒気となって返ってくる。初夏だというのにいきなり真冬の夜中に外へ放《ほう》り出されたかのような寒気に、黄季は大きく体を震《ふる》わせた。

「っ、まさか……！」

そんな自分の反応にひとつ心当たりがあった黄季は、血の気が失《う》せた顔のままふらつく足を懸命《けんめい》に動かして窓辺に飛びつく。

さらにその先に見えた光景に、黄季は掠《かす》れたうめき声を上げていた。

「うそ……」

王宮は高台を堅牢《けんろう》な石垣《いしがき》で固めた上に建てられているから、周囲よりも眺望《ちょうぼう》がいい。泉仙省はその中でも有事に備えて特に見晴らしがいい場所に建っている。

　黄季が飛びついた窓のはるか先、都の外れと思われる場所では、ここからでも規模の大きさが分かる勢いで土煙《つちけむり》が上がっていた。その周囲を彩《いろど》るかのように赤い煙幕《えんまく》がいくつも上がっている。

　翼編《よくへん》試験が行われている会場で、退魔師達が救援《きゅうえん》を求める緊急《きんきゅう》信号を幾《いく》つも上げていた。

「明顕……民銘……っ！」

　思わずこぼれたのは、あの土煙の下にいるはずである同期達の名前だった。

　そんな黄季の後ろからドタバタと足音が響く。ハッと振《ふ》り返ると顔色を失った初老の男が部屋に駆《か》け込んできたところだった。

「藍老師……！」

「泉仙省に残っとる退魔師を全員試験地に送る。他《ほか》の現場に出払《ではら》っとるやつらも向かわせるつもりじゃ」

　黄季の反応から黄季が状況《じょうきょう》を把握《はあく》していると察したのだろう。慈雲に代わって留守を預かっていた老師は単刀直入に用件を切り出した。

「儂《わし》が転送陣《じん》を動かす。黄季君、お前さんは皆《みな》を連れて現場に飛びなさい」

「はいっ!!」

　離れていても身を貫く妖気《ようき》。退魔師の感覚を揺さぶる震動《しんどう》。恐らく試験地に引き寄せられた妖怪《ようかい》は、今まで黄季が遭遇《そうぐう》したどんな妖怪より強い。

現場には慈雲を始めとした上級退魔師達が詰《つ》めていた。そんな人達が緊急信号を上げてくる現場に自分なんかが駆けつけて何の役に立つのかと囁《ささや》く声が聞こえる。

だけど。

「何もしないで手ぇこまねいてなんかいられるかよ……！」

小さくこぼした黄季は他の留守居組を集めるべく、書類を放り出すと部屋の外へ駆け出していった。

……随分《ずいぶん》と頼《たよ》りない雛鳥《ひなどり》が落ちてきたな、と。

確か、そんなことを思ったのだ。

「————……」

水が滴《したた》る音を聞いたような気がして、涼麗は閉じていた瞼《まぶた》を緩《ゆる》く開いた。

気だるげに庭に視線を流してみるが、そこには常と変わらない幻《まぼろし》の庭が広がるばかりで、雨の気配もなければ水が動く気配もない。……そそっかしい雛鳥が、池に落ちてくる気配も。

瞬《まばた》きを数回繰《く》り返してそのことを確かめた涼麗は、再び瞼を閉じた。寝椅子《ねいす》の足元に置いた煙草盆《たばこぼん》には緩く紫煙《しえん》をくゆらせる煙管《キセル》が置かれていたが、それを手に取ろうという気さえ起きてこない。

何もしないで瞼を閉じていると、土地を巡《めぐ》る気の流れと張り巡らせた結界の術式の存在をより強く感じることができた。

慈雲の術式が通らないように新たに仕込んだ結界は問題なく働いていて、今やこの屋敷《やしき》がある空間は完全に閉じられている。いかに結界破りが得意な慈雲といえども、永膳が基《き》礎《そ》を作り涼麗が本気を出して組み直したこの結界を破ることはできないだろう。

「……八年、……か」

ふと、過ぎ去った時の長さを思った。

もう、とも、まだ、とも思った。

死んだように生きてきた八年だった。生きることを拒否《きょひ》してきた八年、と言ってもいいかもしれない。

──八年かければ、どこかで死ねると、思っていたのに。

今の涼麗の姿を指して、ここに乗り込んできた慈雲は『思い出に殉《じゅん》じるような生き方』と言った。まったくその通りだと言ってもいい。

黄季はここを涼麗の屋敷だと思っていたようだが、正確に言うとここの主《あるじ》は涼麗ではない。

ここはかつて、涼麗の比翼《ひよく》であった永膳の私邸《してい》だった。確かに永膳がここに移り住む時に自分も半ば強制的に随行《ずいこう》させられてともに暮らしていたから涼麗の屋敷でもあるのだが、この土地を譲《ゆず》り受けたのも住むことを決めたのも永膳だ。だからここの主は永膳で、自分はただの同居人であるのだと、涼麗はいまだに思っている。

涼麗はここで、八年間、永膳を待っていた。永膳は死んだと、分かっているはずなのに、それでもずっと、待っていた。

あるいは、永膳との思い出が残るこの屋敷で、永膳の下《もと》に逝《ゆ》けるその時を、待っていたのかもしれない。

──だというのに、なぜ私は……

涼麗にとって、永膳は世界の全《すべ》てだった。『汀《てい》涼麗』の全てを形作ったのが郭《かく》永膳であったと言ってもいい。

『比翼』は、相方を失ったら飛ぶことさえままならない鳥だ。他者に依存《いそん》しなければ生きていくことさえままならない、ひとつの生き物として不完全で弱すぎる存在。

──私が、死ぬべきだった。

まさしく自分はその『比翼』なのだろうと、涼麗はとうの昔から自覚していた。

自分は永膳という片翼《かたよく》がなければ、空を飛ぶどころか生きていくことさえままならない弱々しい存在なのだと、涼麗は随分前から知っている。

――死ぬことに、異論も、恐怖《きょうふ》も、私はなかったのに。

八年前の、あの日。

世間一般《いっぱん》では『暴走した先帝軍《せんてい》が放った炎《ほのお》が都を焼いた』と言われている日。涼麗がただ呆然《ぼうぜん》と、全てを焼き払《はら》う炎を見つめることしかできなかった、あの日。

確かに先帝軍は最後の悪足掻《わるあが》きとばかりに都に火を放ってはいたが、実際に都を焼き払った炎は、都の中に溜《た》まりに溜まった陰《いん》を根こそぎ焼き払うために発動された浄化《じょうか》の炎だった。その術を発動させるために涼麗があの大火の中で人柱のごとく死ぬことは、大乱が末期に差しかかった辺りからすでに決められていた筋書きだったのだと思う。

あの大乱は表沙汰《おもてざた》になっているよりも事情が入り組んでいて、その諸々《もろもろ》を全て綺麗《きれい》に終わらせるためには決め手となったあの大術をどうしても誰《だれ》かが行使しなければならなかった。その術を行使するに足る術者は、あの時点で片手の指で足りる人数しかいなかったと記憶《きおく》している。

永膳と慈雲もその候補の中に名が挙がってはいたが、永膳には名門呪官家・郭《かく》一族の次期当主として背負う物があり、慈雲では実力で劣《おと》るとなった時点で、この役目は自分でほぼ決定だろうと涼麗は思っていた。

何せ涼麗は元を正せばどこの馬の骨とも知れない捨て子で、当時の立場は永膳の小姓《こしょう》もどき、さらに傍《はた》から見れば次期当主を誑《たぶら》かした魔性《ましょう》の男で、その上呪術師《じゅじゅつし》として見たら化け物級の素質と技量の持ち主だったのだから。厄介払《やっかいばら》いをするのにちょうどいいなと当の涼麗でさえ思っていたのだから、周囲がそれを思わなかったはずがない。

だというのに、蓋《ふた》を開けてみたらどうだ。

涼麗が負うはずだった人柱の役目は、涼麗当人が気付かないうちに永膳に掻《か》っ攫《さら》われていた。結局、永膳も、うるさいことを言っていた周囲も綺麗さっぱり焼き払われて、一番死ねば良かった涼麗だけが生きている。

──どうして、こんな誰も喜ばない結末になったんだろうな。

多分涼麗は、そんな状況に途方《とほう》に暮れていたのだろう。全てを失って空っぽになって、その虚《うつ》ろを自覚するよりも前に、途方に暮れたのだ。思い出の場所に引き籠《こ》もり、外界の全てを拒絶《きょぜつ》して、生きることも死ぬことも放棄《ほうき》して、ただただ無聊《ぶりょう》をかこっていたくらいには。

……そんな日々の中に、落ちてきたのだ。

「……？」

そこまで思うともなく思った瞬間《しゅんかん》、地脈と一体になっていた己《おのれ》の感覚に何かが触《ふ》れた。

サワリ、と、髪先《かみさき》を風が掠《かす》めたような感覚。そんな微《かす》かな違和感《いわかん》に涼麗はパチリと目を開く。

その瞬間、ダンッという鋭《するど》い音とともに屋敷中の空気が震《ふる》えた。

「な……っ!?」

突《つ》き上げるような震動はすぐに消えた。だが余波に屋敷を囲う結界がいまだに震えているのが分かる。

一瞬、この空間が攻撃《こうげき》を受けたのかと思った。だが無意識のうちに外界の地脈の流れを辿《たど》っていた涼麗は、すぐにそうではないことに気付く。

「……っ！」

これは、妖気《ようき》だ。そこにあるだけでこの屋敷の結界を揺《ゆ》らがせるほどに強大な。だがその妖気の主の意識はこの屋敷には向けられていない。現れたのも恐《おそ》らくごく間近というわけではないだろう。

涼麗は瞳《ひとみ》を閉じると地脈に意識を集中させた。

並の呪術師とは規格が違《ちが》う涼麗は、地脈に意識を同化させることで都とその周辺までならば大まかな気の流れを把握《はあく》することができる。

普段《ふだん》は意図的に閉じているその感覚を解放し、涼麗は妖気の主を探《さぐ》る。

──これは都の外れの忌地《いみち》……『海』だな……。これほど強大な妖怪《ようかい》が、なぜいきなりこんな場所に……

さらに感覚を研《と》ぎ澄《す》ました涼麗は、妖怪が現れたばかりだというのにその周囲にすでに複数の退魔師がいることに気付いて眉《まゆ》をひそめた。

妖怪が現れて退魔師が駆《か》けつけたにしては早すぎる。ならばこいつらが忌地にあえて妖怪を招き入れたのかと考えた涼麗は、泉仙省《せんせんしょう》で『海』と呼ばれるその忌地がこの時期に何に使われていたかに思い至って思わず目を見開いた。

「まさか、翼編試験か……！」

同時に脳裏《のうり》に過《よぎ》ったのは、ひと月ほど前まで足繁《あししげ》くこの屋敷に来ていた雛鳥《ひなどり》の姿だった。

『俺、前翼《ぜんよく》と後翼《こうよく》、どっちに向いてると思いますか？』

あの雛鳥は、昨年泉仙省に入省した二年次だったはずだ。翼編試験のことを口にしていたくらいだから試験に興味はあったのだろうし、ここ最近の伸《の》びを見ていた慈雲ならば確実にあれを試験に招集しただろう。

確かに黄季は先日この屋敷《やしき》で慈雲と揉《も》め事を起こしかけたが、涼麗が知っているままの慈雲であるならば、恐らくあれを理由に黄季を試験から弾《はじ》くという真似《まね》はしない。慈雲はその程度のことで罰則《ばっそく》のごとく受験資格を奪《うば》い、未来ある雛鳥から翼をもぐような狭量《きょうりょう》な真似をするような男ではないはずだ。

この妖気の発生源に、あの雛鳥がいる。

「……っ!!」

とっさに寝椅子《ねいす》から体を引き起こす。

だがそこで涼麗の動きは止まってしまった。

――関係ないことではないか。

死ぬことすらできず、惰性《だせい》で生きてしまった八年だった。全てを投げ出して、永膳との思い出に殉じるためにここに引き籠もってきた日々だった。

永膳がいない世界なんて、どうなろうが興味がなかった。誰がどうなろうとも、その中にかつての同朋《どうほう》達がいようとも、どうこうしようとは思えなかった。

もう、何もしたくなかった。ただそこに在るだけで戦うことを強《し》いられたくなかった。永膳の犠牲《ぎせい》を下敷《したじ》きにしてのうのうと流れ去っていく世界など、もう眺《なが》めていたくもなかった。

もはや自分は死んだものだと。そのように扱《あつか》われて、忘れ去られていきたかった。

――そうやって捨ててきたものと、あれと、一体何が違う？

あの雛鳥だって、そんな中の一部であったはずだ。

転がり落ちてきたから、拾って巣に帰した。そうしたら懐《なつ》かれた。ただそれだけの存在で、涼麗にとっては『どうでもいい世界』の一角にすぎなかったはずなのに。

それなのになぜ、今自分は、あの雛鳥が危機に瀕《ひん》しているかもしれないと感じて、こんなに焦燥《しょうそう》に駆られているのだろうか。

『……そういやお前、こいつに「氷柳」って名乗ったんだな』

そう考えた瞬間、だった。

八年ぶりに顔を合わせた同期の、いつだって嫌《いや》になるくらい核心《かくしん》を突いてくるその声を思い出したのは。

『何でわざわざその呼び名を名乗ったんだ？　お前、最初から「そうありたい」って願ってたんじゃねぇの？』

──勝手なことを。

『氷柳』という名は、対《つい》の片翼としての涼麗を呼ぶための名だ。永膳がつけた、永膳だけが使う名前。その名を他人に呼ばせることを、涼麗も永膳も許さなかった。

その名で己を呼ばせているということは、あの雛鳥が己の相方であるということを認めているのではないのかと、あの瞬間の慈雲は言外に問いかけていたのだ。新たな相方を迎《むか》えたということは、この八年に区切りをつけて、次に進む覚悟《かくご》があるのではないかとも言いたかったのかもしれない。

──そんな意図、あの時の私には……。

確かに、ある意味涼麗にとっては真の名である『涼麗』よりも『氷柳』は重い名だ。

だが呼ぶ者が絶えて八年も経《た》った名に重さも何もあったものか。初めてあの雛鳥に名前を訊《たず》ねられた瞬間、本名を名乗ることははばかられ、かと言って良い偽名《ぎめい》も思いつかなかったから、仕方なしにそう名乗っただけだ。

ずっとそうだと思っていた。それ以外に意味などないと、今この瞬間まで疑ってさえいなかった。

だというのに。

『だったらお前の立ち位置は、そこでいいのかよ？』

「……」

後ろに庇《かば》われる位置が正しいのか。お前はかつてこの国で最高位階を誇《ほこ》った前翼退魔師《たいまし》だったろうに。

対を得たお前が立つ位置は、相方の前か、もしくは隣《となり》。後ろに立つならば背中を預け合う形で。少なくとも、ただただ庇われるだけが正しいはずがないだろう。

そうやって言外に突きつけられた言葉に今、揺らぐはずのない己の心が揺れているのが分かってしまう。

「……っ！」

あの雛鳥に出会うことさえなければ、こんな風に心を掻《か》き乱されることなんてなかった。心を硬《かた》く凍《い》てつかせたまま、自分の命が果てるその瞬間まで無の中にたゆたっていられただろうに。

『……お前を、この庭に入れなければ良かった』

あの時口にした言葉は、紛《まぎ》れもない本心だったはずだ。

だというのに、今更《いまさら》になって気付いてしまった。

「だったら私は何で、今なおお前との出会いを後悔《こうかい》することができないんだ……っ！」

『勝手な印象ですけど、貴方《あなた》はもう何もかもと戦いたくないから、ここにいるんですよね？』

このひと月、忘れようと思っては、何度も何度も思い返す、あの瞬間《しゅんかん》の光景。

その光景を涼麗は、今なお鮮明《せんめい》に覚えている。あまつさえ、忘れたくないとさえ思っていたのだと、この局面に追い詰《つ》められてようやく自覚できた。

『戦わなくてもいいこの世界から連れ出されたくなかったから、俺と関《かか》わりたくなかったんですよね？』

こなれた、だがまだ色を濃《こ》く残す黒袍《くろほう》。結《ゆ》い上げられていても癖《くせ》が強いと分かる茶がかった髪《かみ》。まだまだ成長途上《とじょう》の線が細い体で、叩《たた》きつけられる妖気に震《ふる》えながらも、涼麗を見上げた顔には無理やり笑《え》みが刻まれていた。

『俺には、貴方がそう望んでいるように思えたから。だから、お節介《せっかい》かもしれないけれど。……貴方が戦わなくてもいいように、俺が戦います』

涼麗に初めて『戦わなくていい』と言ってきたのは、殻《から》からようやく出たばかりだと一目で分かる、小さくて弱い雛鳥だった。

本当に、初めてだった。誰にも顧《かえり》みられず、独り路上で生活していた時も。呪術師《じゅじゅつし》としての才を見込まれて、郭家に拾われてからも。永膳の小姓《こしょう》となってからも。『氷煉比翼《ひれんひよく》』などと呼ばれて退魔の現場を飛び回るようになってからも。

涼麗の価値は、戦ってこそだった。かつての相方で自分に酷《ひど》く執着《しゅうちゃく》していた永膳でさえ、涼麗には戦うことを強いた。そこに涼麗の意思はなかったし、それが当たり前であると涼麗だって受け止めていた。

それは涼麗が世界に対して何を思っても変わることはなくて。世界と涼麗の関係がどうなっても変化はなくて。だからこそ涼麗は自分の存在が明るみに出れば、永膳を奪った世界のために戦いを強いられるのだろうと思って、涼麗の方から世界を拒絶《きょぜつ》した。

涼麗の実力を知れば、世界は当然のこととして涼麗に戦いを強いる。

……そんな中で、あの雛鳥だけが。

『心を踏《ふ》みにじられて、それを当たり前だとされて。……それが現実から逃《に》げ続けて生きることよりも苦しいと知っているのに、それでも戦えなんて……言えるはず、ないじゃないですか』

あの雛鳥だけが、そんな涼麗の心に気付いて、その心を掬《すく》い上げてくれた。

きっとあの雛鳥は、大乱の時に涼麗と似たような選択《せんたく》を迫《せま》られたことがあるのだろう。

雛鳥が抱《かか》えた背景を涼麗は一切《いっさい》知らないが、慈雲がまるで涼麗にそのことを知らせるかのように言葉を匂《にお》わせていたことには気付いていた。

あの子はきっと、涼麗が抱え込んだ地獄《じごく》の一端《いったん》を知っている。そこにあった事実を知らなくても、同じ地獄の味を知っている。

そうでありながら、あの雛鳥《ひなどり》は涼麗に笑って告げたのだ。戦いたくないならば戦わなくていい、自分が代わりに戦うから、と。

「……っ!!」

だから、だ。

だからこそ、ここに通ってくるようになった雛鳥を育ててみたいと思ったのだ。慈雲と直接対峙《たいじ》してあの言葉を盗《ぬす》み聞く前から、雛鳥が内に携《たずさ》えていた強さの片鱗《へんりん》には気付いていたから。

あの雛鳥ならば、一羽《わ》で両の翼《つばさ》を広げて、力強くどこまでも空を飛んでいく鳳《おおとり》に育つと思った。あの心優《やさ》しい雛鳥を世間の強風の中に放《ほう》り出して、見知らぬ誰《だれ》かにボロボロに踏みにじられる姿は見たくないと、無意識のうちに思っていた。

だからあの雛鳥が自力で空を飛べるようになるまでは、自分の片方しかない翼の下で、育ててやってもいいと思ったのだ。

指導が厳しくなったのも、自分の助力が届く範囲《はんい》でしごきたかったのも、全《すべ》てはその心が無意識下にあったから。いずれ慈雲を招き入れるかもしれないと分かっていたのに切り捨てられなかったのは、その危険を負ってもなお、あの雛鳥との縁《えにし》を失いたくないと己《おのれ》が望んでしまったから。

殻付《からつ》きの雛鳥のくせして、誰よりも大きな空を描《えが》くあの雛鳥の傍《かたわ》らにならば、自分は存在してやってもいいと。あの雛鳥が空を行くためならば、己の力を貸してやってもいいと、思うようになっていたから。

「……」

握《にぎ》りしめた手がギリッと軋《きし》んだ。

恐《おそ》らくあの規模の妖怪《ようかい》を今の泉仙省の力で討《う》つことはできないだろう。だが自分が現場に出れば、あるいは被害《ひがい》を限りなく減らしての討伐《とうばつ》も可能かもしれない。

しかし涼麗がこの屋敷《やしき》の外に踏み出し、封《ふう》じてきた退魔術を己の身と意志で直接振《ふ》るうことは、この八年を全て溝《どぶ》に捨てることと同義だ。一度表に出てしまえば、今度こそ自分は、『この国のため』という大義を負わされて、一生戦い続けることになる。

「……っ！」

最後の躊躇《ためら》いが涼麗の足を搦《から》め捕る。動き出すこともできず、かといって再び体を寝椅《ねい》子《す》に預けることもできない中途半端《ちゅうとはんぱ》な体勢は、氷柳の心の迷いの表れだ。

『っ……っ!!　……う…………、黄季っ!!』

強く奥歯を噛《か》み締《し》めた瞬間、煙草盆《たばこぼん》の隣に置かれた水盤《すいばん》の映像が勝手にユラリと揺《ゆ》れた。

屋敷の結界が揺らいだことに加えて、呪力的に繋《つな》がっている鏡が気の乱流の中にあることで勝手に術式が起動してしまったのだろう。

『黄季っ!! 生きて……っ』

ハッと反射的に水盤に目が行ってしまった。そこにどす黒い炎《ほのお》が乱れ舞《ま》う様を見た瞬間、なぜか映像はブツリと途《と》切《ぎ》れてしまう。分かったのはあの鏡の持ち主が忌地《いみち》の戦場の中にいることと、その主の名を呼ぶ切羽《せっぱ》詰《つ》まった誰かの声が響《ひび》いていたことだけ。

「……っ!!」

今度こそ涼麗は寝椅子を蹴《け》るように身を翻《ひるがえ》すと、屋敷の奥に向かって駆《か》け出していた。

──仕方がないから、認めてやる。

「っ……私が到着《とうちゃく》するまで、絶対に死ぬなっ!」

今ここで耳目《じもく》を塞《ふさ》げば、確かに涼麗はこの変わることのない静寂《せいじゃく》を守ることができる。

だがこの虚《むな》しく侘《わ》びしいだけの庭にはもう、涼麗が求める安寧《あんねい》も平穏《へいおん》も残っていない。

たとえ今再び戦場にあることを強いられようとも、ここであの雛鳥を失うよりはずっとマシだ。

「認めてやるから、持ちこたえてみせろ」

お前は仮にも私の弟子《でし》だろうが。

八つ当たりのように叫《さけ》んだ心は、きっとまだあの雛鳥には届かない。

陸

「黄季《おうき》っ!!　生きてるかっ!?」

「縁起《えんぎ》でもっ、ないことっ、質問っ、すんなっ!!」

一言ごとに叫ぶように答えながら、地面を踏みしめて結界起点を刻む。

最後の一歩を踏みしめた瞬間光を放ち始めた大地を見た黄季は、民銘《みんめい》達の方へ飛び退《すさ》ると印を組んだ。

「『起動　白蓮華《はくれんげ》』っ!!」

短縮した呪歌によって形作られたのは、伏《ふ》せられた椀《わん》のような形で展開される結界だった。大人数人がしゃがみ込んでやっと入れる程度の小規模な結界だが、それでも中に入れさえすれば瘴気《しょうき》と砂塵《さじん》の嵐《あらし》から身を守ることができる。

「……っはー、ぶっつけ本番だったけど、短縮起動、きちんとできて良かった……」

「来てくれて助かったわ、黄季」

「こっちも、転送された現場の近くに二人がいてくれて助かったよ……」

ほっと一息ついた民銘の腕《うで》の中に視線を落とした黄季は、そこにいる明顕《めいけん》の様子に眉《まゆ》をひそめた。

意識を失ってグッタリとしている明顕は、多少かすり傷を負っているが大きな怪我《けが》をしているようには見えない。

黄季が泉仙省《せんせんしょう》から転送陣《じん》で送られてきた時、すでに明顕はこの状態だった。意識がない明顕を腕の中に庇《かば》って必死に結界を展開していた民銘の近くに黄季が降り立ち、二人を助けるために術を編み始めたはいいものの、その瞬間から妖怪の攻撃《こうげき》の威力《いりょく》が増加。何とかいなしながら結界を張ったというのが今の状況《じょうきょう》だ。

「何が起きた？」

黄季は深く息をつくことで意識を切り替《か》える。対する民銘はいまだにカタカタと体を震わせていた。

「分からない。翼編《よくへん》試験は問題なく進んでいたはずなんだけど、気付いたらこの砂嵐で、妖気が炸裂《さくれつ》してて……」

それでも民銘はなるべく冷静に状況を説明しようとしてくれている。恐怖《きょうふ》に耐《た》えるためなのか、キュッと明顕を抱《だ》きしめる腕に力がこもった。

「一瞬《いっしゅん》で視界を奪《うば》われて、他《ほか》の参加者も、試験官の上役達も、どこにいるのか分からなくなった」

「とにかく、二人とも生きててくれて良かった」

「俺は、明顕が、とっさに庇ってくれたから。でも、明顕だけじゃ砂嵐の向こうから来る攻撃を捌《さば》ききれなくて……。俺も、援護《えんご》しきれなくて、それで……それで明顕は……っ！」

民銘の体がガタガタと大きく震《ふる》える。地面を見つめていた瞳《ひとみ》からボロボロと涙《なみだ》がこぼれて、束《つか》の間の平穏を得ていた地面に落ちていった。

それが恐怖だけから来るものではないと、黄季は知っている。

「っ、悔《くや》しい……っ！　俺、悔しいよ、黄季……！」

傷付いて倒《たお》れた明顕を抱えて泣く民銘は、己の無力に震えていた。

「明顕に庇われて、こうなってからはなんとか凌《しの》ぐのに手一杯《ていっぱい》で……っ！　俺、何もできてない……っ!!　俺だって、翼編試験に臨《のぞ》んだ退魔師《たいまし》なのに……っ!!」

その悔しさが、黄季には分かる。今まで何度も何度も、そんな後悔《こうかい》を黄季は噛み締めてきたから。

だから今ここでどんな言葉を民銘に向けたって、意味がないと分かっている。

「……でも、民銘がいなかったら、明顕はきっと今、息をしてない」

それでも、黄季は思ったことを素直《すなお》に言葉にしていた。

「民銘はちゃんと、明顕を守ったと、俺は思うよ」

そんな黄季の言葉は、少なからず民銘の心に何かを落としたのだろう。ハッと顔を上げた民銘が目を丸くしたまま黄季を見つめ、やがてクシャリと表情を崩《くず》す。

「だからこそ俺達は、何とかこの場を切り抜《ぬ》けて、明顕を連れて帰らなきゃ」

そんな民銘に小さく笑《え》みを向けた黄季は、民銘から視線を外すと結界の外を見遣《みや》った。

自分の両頰《りょうほお》を叩《たた》いて気合いを入れ直した民銘も、涙を払《はら》って黄季の視線の先を追う。

結界の外は相変わらず砂の嵐だった。時折その中に走る黒炎《こくえん》は強すぎる瘴気の具現だろう。妖怪の本体はおろか、同じ現場に立つ同朋《どうほう》達の姿さえ把握《はあく》できない。

「妖怪の全容を民銘は把握できてないんだよな？　何体いるとか、どんなやつだったとか」

「悪い、まったく分からん。ただ、俺の勘《かん》で言っていいなら、メッチャ強いやつが一体だけだ」

分からない、と言いながらも、民銘の口調には自信があった。その声に黄季は一瞬だけ民銘を流し見る。

「どうしてそう思う？」

「土煙《つちけむり》が上がった瞬間の妖気の爆発《ばくはつ》の仕方っつーか、地脈の乱れ方っつーか……悪い、やっぱり最後は勘」

「信じる」

民銘とは祓師寮《ふっしりょう》時代からの付き合いだが、民銘の読みはいつだって正確だった。本人は自信がないようだが、民銘の勘ならば信じるべきだと黄季は思う。

「妖怪が現れる前、上官や先輩《せんぱい》達はどんな感じで配置されてた？　連係さえ取れれば囲い込めそうか？」

「この忌地《いみち》を囲うように配置されてたと思う」

黄季は視線を結界の向こうへ据《す》え直すと再び問いを向けた。その問いにも民銘はしっかりと答えてくれる。

「そもそもこの忌地には外に影響《えいきょう》が出ないように最初から結界が張られてて、上官や先輩達はその結界の展開補助のためにそこにいたんだ。だから最初から囲い込み自体はできてるし、現状で効力は発揮してないけど、結界自体は今も生きてるはずなんだ」

民銘がもたらしてくれた情報に、黄季はこの忌地の地形と位置を頭の中に思い起こす。

都を囲む外周の城壁《じょうへき》から少し離《はな》れた外側に位置するこの忌地は、徒人《ただびと》が一見しただけではただ荒野《こうや》が広がっているだけに見えるらしい。

だが実際は都を巡《めぐ》った陰《いん》の気が最終的に流れ着いて澱《よど》む海のような場所で、都がここに置かれた直後から泉仙省が代々丁重《ていちょう》に管理してきた年季の入った忌地だ。ただその性状は穏《おだ》やかなもので、適切な管理を続けていれば無闇《むやみ》に妖怪《ようかい》を呼び込むこともなく、ヒトとも共存していける土地であると聞いている。

黄季が書物で読んだところによると、ここに集まった陰の気は穏やかに大地に吸収されて地脈と合流し、陰でも陽でもない純粋《じゅんすい》な『気』となって再び大地を巡っていくのだという。本物の海が最終的に全《すべ》ての水を受け止めて大地に清水を返していくように、この土地も気を浄化《じょうか》する役割を持っている。忌地としての厄介《やっかい》さ加減から言えば、気を浄化するわけでもなくただひたすら陰を濃《こ》くして妖怪を呼び込む氷柳《ひりゅう》の屋敷《やしき》の忌地の方が凶暴《きょうぼう》だ。

逆に言えばそういう穏やかな性状の土地であるからこそ、翼編試験の会場に使われてきたらしい。そもそも翼編試験そのものもこの忌地の気の調整の一端《いったん》を担《にな》っているという話だった。年に一度、この地の陰の気を使って妖怪を呼び込み討伐《とうばつ》することで、大地が浄化できる以上に陰の気が溜《た》まることを防ぐ目的があるんだとか。

――民銘は、翼編試験は順調に進んでたって言った。

忌地の気の溜まり方に問題があったのか。何者かによって細工がされていたのか。試験官達の中に良からぬことを企《たくら》む人間が交ざっていたのか。強大な妖怪が偶々《たまたま》近場にいて、運悪くそれを呼び込んでしまったのか。

「書物で、この忌地の四隅《よすみ》には忌地の管理と結界展開補助を兼《か》ねた呪石《じゅせき》が埋《う》められているって読んだけど、それ本当か？」

原因はいくらでも考えられるし、その答えによって適切な対応も変わってくる。

だが今そこを考えても現状打破には繋《つな》がらない。どれが原因であっても、どのみち黄季達の手には余る。

――『己《おのれ》の力で実行できる最善の手を考え、確実にそれを成せ』って、氷柳さんも言ってた。

直接妖怪を討伐するには明らかに黄季達の実力が足りない。だがただ現状を耐え忍《しの》んでいればいつか誰《だれ》かが事態を好転させてくれるのかと問われれば、それも否《いな》と言わざるを得ないのが今の状況だろう。

今の黄季達にできること。

それは何とか自分達より格上の退魔師達に繋ぎを取り、彼らの連係を支えて討伐の助力をすることではないか。

「え……あ、あぁ。四隅と言わず、もっとあった。土地の境界を示す四つ角と、各辺の間にひとつずつ。何か試験の役に立つかと思って、試験前に存在を探《さぐ》った時に俺が見つけた呪石は全部で八つ。それぞれの呪石のところに試験官達が立っていたから、多分あれが試験前に張られてた結界の起点だ。もしかしたらもっとあるのかも」

「恩《おん》長官もそのうちのどこかにいたのか？」

「いや、長官は結界展開とは関係ない場所で俺達の動きを見てた。結界の内側にいたことにはいたけども」

黄季の質問の意図は読めなかったものの、何か必ず意味があると考えてくれたのだろう。戸惑《とまど》いを浮《う》かべながらも民銘は詳《くわ》しい状況《じょうきょう》を黄季に教えてくれた。

「結界を展開してた人達、無事だと思うか？」

だが続く問いには一瞬、民銘の瞳が揺《ゆ》らぐ。

「……初手の土煙が上がる前、何人か吹《ふ》っ飛ばされたのが、感覚で分かった」

黄季の質問に否で答えることは、顔見知りである人間の死を暗に肯定《こうてい》することだから。

それを分かっている黄季も、キュッと拳《こぶし》に力を込める。

捕物《とりもの》現場は命の取り合いの場。その言葉が、この局面になってようやく身に染《し》みたような気がした。

「……そうか」

「でも、結界と呪石は生きてる」

だが民銘は一度きつく瞼《まぶた》を閉じることで感傷を振《ふ》り払ったようだった。再び開かれた目は、力強い光とともに黄季を見据《みす》えている。それを受けた黄季も意識を切り替《か》えると問いを重ねた。

「この乱流の中でも、呪石の感覚と結界の術式、把握したまま手放してない？」

「手放したら本気で終わると思って、死に物ぐるいでしがみついてる」

「そこに力を通して、みんなに合図を送ることってできそうか？」

「っ……むっずかしいこと言うねぇ、お前」

おどけたように答えながらも、民銘の口元は引き攣《つ》っていた。黄季が何を考えているのか、民銘にもようやく分かったのだろう。

「土地の広さに加えて、忌地でこの嵐《あらし》だ。いくら基盤《きばん》がもうあるっつっても」

「それでも」

「……俺には無理。力が足りない」

その表情は黄季が言葉を重ねると掻《か》き消えた。頼《たよ》りなく伏《ふ》せられた瞳《ひとみ》にあるのは、きっと悔《くや》しさだろう。

「今無茶《むちゃ》をしたら、多分、必死に摑《つか》んでる感覚がすり抜けてくと思う」

「分かった。じゃあお前が今摑んでる感覚を貸してくれ」

「は？」

だが黄季の言葉を受けた民銘が呆《ほう》けた声を上げた瞬間《しゅんかん》、その悔しさはどこかに吹き飛ばされたようだった。

「民銘の感覚を借りて、俺が力を通す。だから結界展開代わってくれ。白蓮華《はくれんげ》の展開と今摑んでる感覚を維持《いじ》することくらいなら並行してできるだろ？　てかできるって言え」

「は？　おま……」

一瞬ポカンと間抜《まぬ》けな表情を晒《さら》した民銘は、次の瞬間血の気が引いた顔で身を乗り出した。

だが黄季はそんな民銘を片手で制する。

「やらなきゃ、全員まとめて死ぬだけだ」

基盤がすでにある結界の力を引き出して強化し、まずこの妖怪が起こす瘴気《しょうき》と砂の嵐を止める。嵐が止まれば視覚が確保できる。視覚さえ取り戻《もど》せれば上役の退魔師《たいまし》達が退魔に乗り出せるはずだ。結界の効力が急に上がり、その引き金に黄季の霊力《れいりょく》が使われたことに皆《みな》が気付いてくれれば、きっと彼らも黄季の意図に気付いて後押しをしてくれる。

討伐そのものは上役達に任せ、自分はそのきっかけになる部分を作り出す。それがこの場で負うべきと黄季が判断した己の役割だ。

だがそのきっかけを作るにしても、黄季の実力が足りるかどうかは分からない。

「民銘」

だけどそれ以上に『実力が足りないから』という理由だけで、できるかもしれないことから逃《に》げてうずくまり続けるような存在ではありたくなかった。

強く同朋《どうほう》の名を呼ぶ。その声の強さに民銘がギリッと奥歯を噛《か》み締《し》めたのが分かった。一度そのままうつむいた民銘は、ギュッともう一度明顕の体を強く抱《だ》きしめてから明顕を地に下ろす。

「……倒《たお》れたら、承知しねぇんだからな」

低い呟《つぶや》きは、パンッという鋭《するど》い開手の音に掻き消された。力強い音は、ただ響《ひび》いただけで周囲の空気を軽くする。

「お前ら二人ともまとめて面倒《めんどう》見ることになったら、俺、泣いちゃうんだからなっ！」

そんな空気の中に情けない絶叫《ぜっきょう》を響かせた民銘は、片手で懐《ふところ》から引き抜《ぬ》いた符《ふ》を構え、もう片方の手を黄季へ差し伸べる。

『地には蓮華《れんげ》　天には光明　ここは楽土の水鏡《みずかがみ》』っ!!」

その手に右手を預けた黄季は左手を地面に下ろした。そのまま瞳を閉じて左の掌《たなごころ》に集中すれば、フルリと解けた感覚が地脈に乗って大地に広がっていく。

『咲《さ》き誇《ほこ》れ　その美しき花弁を以《もっ》て楽土安寧《あんねい》を導かん　白蓮華』っ!!　……オラ、行ってこいっ!!」

背中を蹴《け》り飛ばすような民銘の声とともに、黄季の意識が地脈の中に飛び込む。

民銘の霊力の軌跡《きせき》を辿《たど》るように意識を伸ばせば、呪石へはすぐに辿り着くことができた。民銘が言う通り、呪石と呪石を繋げるように走る結界の術式と、結界の起動を支える霊力はいまだに生きている。次いでその術式に意識を這《は》わせれば、忌地を囲む呪石と結界の全容は思っていたよりも簡単に把握《はあく》することができた。

——後は、この結界に通う力を上乗せできれば……

『以前にも指摘《してき》したが、お前は霊力の巡《めぐ》らせ方に難がある』

ふと、こんな時なのに、あの涼《すず》やかな声で紡《つむ》がれた言葉を思い出した。

『退魔術を己の身の内にある霊力だけで行使しようとしていないか？』

『え？　そ、それ以外にどうやって行使しろって言うんですか？』

『退魔術は、己《おの》が身の内にある霊力を呼び水として使い、大地に流れる地脈の力を引き出して行使するものだ』

あの屋敷《やしき》に通うようになって、すぐに教えられたことだった。思えばこれが氷柳から初めて受けた指導だったかもしれない。

『つまり、消費される力はほぼ地脈から引き出した力。己《おのれ》の霊力は、引き出した地脈に色を付ける程度に混ぜればいい』

地脈を川、退魔術を桶《おけ》に喩《たと》えた氷柳は、退魔師の霊力と器《うつわ》はそれらを繋ぐ樋《とい》のような物だと語った。

自分の力を使うのは、大地から力を引き出す呼び水として周囲に撒《ま》く時と、引き出した力に呪歌《じゅか》を織り込む瞬間だけ。全てを己が身の霊力だけで賄《まかな》おうとしたら、どんな退魔師だって霊力が足りずに倒れてしまう。

退魔師個人が持っている霊力の強弱は確かに技量を左右するが、それよりも『いかに効率的に地脈から多くの力を引き出して利用できるか』が退魔師にとっては肝《きも》なのだという のが氷柳の持論だった。

――ここは忌地《いみち》だ。陰《いん》か陽かは別として、力ある気だけは馬鹿《ばか》みたいにある。

黄季は意識を集中させると己の霊力を振るう。

自分の力を直接結界の術式に流し込むのではなく、ぬかるんだ沼地《ぬまち》をジワリと踏《ふ》んで水を出させるような感覚。自分という樋を経由させて引き出した地脈の力を術式に流し込む。

その流れを、強く意識する。

大地から流れ込む力を受けて、体中がぽうっと熱を帯びたような気がした。

——大丈夫《だいじょうぶ》。今の俺ならやれる。だって、氷柳さんが教えてくれた。

ジワリ、ジワリと少しずつ満ちてくる力を、焦《あせ》ることなくゆっくりと術式に流し込んでいく。トクトクトクと、目の前に置いた桶にゆっくりと水を満たしていく感覚で。

——大丈夫。規模が大きいだけで、そこまで複雑な結界じゃない。術式の基礎《きそ》は、俺だって知ってるやつだ。

『基本を押さえれば、規模が大きくなっても同じだ。規模が大きい分展開維持に力を使うが、地脈と己と術式の繋《つな》がりが安定さえすればどうってことはない。実際に現場で使われている結界呪《じゅ》の大半は、力の循環《じゅんかん》さえうまくやりくりできれば今のお前でも十分に扱《あつか》えるものだ』

——そうですよね？　氷柳さん……！

徐々《じょじょ》に結界が力を取り戻していくのが分かる。新たに聞こえてきた低い耳鳴りは、決して黄季達を害するものではない。

「黄季……！」

力が、満ちる。

それを感覚として掴んだ瞬間、ぽぅっと視界が明るくなった。瞼《まぶた》を開けて周囲を見遣《みや》れば、黄季を起点として力を取り戻した結界が大地に光の線を走らせているのが見える。

──やれる！

『汝《なんじ》は要《かなめ》　汝は光　汝は汝にあらず　界を隔《へだ》てる地の要』」

己の直感に従って口ずさんだ呪歌は、基本も基本の結界呪だった。それでも結界は黄季の声に応《こた》えるかのように輝《かがや》きを増す。

「『界断絶　乖壁《かいへき》展開』っ!!」

術式に満ちた力が天に向かって立ち上る。今まで砂嵐《すなあらし》に掻き消されかけていた不可視の壁《かべ》が、もう一度力を取り戻し、黒炎《こくえん》とともに吹《ふ》き荒《あ》れていた砂嵐を壁の中に閉じ込める。

「やった……っ!?」

「まだだ」

立ち上がる結界を見上げた民銘が歓喜《かんき》の声を上げる。

だが黄季はそこで手を緩《ゆる》めることはなかった。右手を民銘に、左手を大地に預けたまま続く呪歌を紡ぐ。

「『この穢《けが》れを祓《はら》え　これは神の息吹《いぶき》　ここは清めの華《はな》が咲きける所』っ！」

結界の術式に力を注いでいる時、各呪石を必死に守ろうとしている退魔師達の気配も掴《つか》んだ。欠けている場所もあったが、半数近くは粘《ねば》ってくれていた。

彼らなら、今の結界の反応で黄季の意図が分かったはずだ。そして分かってくれたなら、次に来る術式だって予想してくれているはず。何せこの連係技を黄季に仕込んでくれたのは、氷柳ではなく泉仙省《せんせんしょう》の先輩《せんぱい》諸氏だったのだから。

──どうか届いて……！

「『ここを浄華《じょうか》と成せ　浄祓《じょうばつ》』っ!!」

そんな願いを乗せ、黄季は結界に新たな術式を送り込んだ。

既存《きそん》の結界に上乗せされた修祓呪《しゅうばつ》が結界に流れる力に従って大地を巡る。呪石を経由するごとに勢いを増していく修祓呪には、確かに黄季以外の霊力の色があった。勢いを増した修祓呪は結界面から噴《ふ》き出るように広がり、黒炎を纏《まと》う砂嵐を優《やさ》しく、だが容赦《ようしゃ》なく祓い清めていく。

そんな風に下から押し上げられるように、足元から視界が晴れた。

「やっ……」

黄季の口から思わず歓喜の声が漏《も》れる。

だがその声は、たった一瞬《いっしゅん》で喉《のど》の奥で縺《もつ》れて止まった。

結界の中心。砂塵《さじん》が祓われた先。この嵐を、そこに在るだけで引き起こした原因。

その原因と、黄季の視線がかち合う。

──ヤバイ。

それが何であるのか理解するよりも前に、黄季の中で警鐘《けいしょう》が鳴り響いた。そして警鐘が鳴っていると理解した時には目の前に真っ黒な顎《あぎと》が迫《せま》っている。クワッと広げられた口腔《こうこう》は大きい上にズラリと牙《きば》が並んでいて、黄季なんて簡単に殺せてしまう構造をしていた。

──あ、これ、死……

「黄季っ!!」

民銘の絶叫が響く。だが意識がまだ地脈と繋がっている黄季は迎撃《げいげき》することも逃《に》げ出すこともできない。

ただ、迫りくる死を見つめていた。

その瞬間、だった。

『撃《げき》』っ!!」

バツンッと空間そのものが捩《ね》じ切れるかのようなすさまじい衝撃《しょうげき》が目の前を通過した。その衝撃に押されて妖怪《ようかい》が吹っ飛ばされていく。遅《おそ》まきながら瞼を閉じた黄季の耳にザッと地面を踏み締《し》める足音が響《ひび》いた。

「お前ら無事かっ!?」

「おっ……恩長官っ!!」

民銘の涙声《なみだごえ》がその人の名を叫《さけ》ぶ。その声を聞いてから、黄季は怖々《こわごわ》瞼を開いた。

術の余韻《よいん》に翻《ひるがえ》る見慣れた浅青色の衣《ころも》。腰元《こしもと》に揺《ゆ》れる色違《いろちが》いの一対《いっつい》の佩玉《はいぎょく》は、今日だけ下げられた見慣れない品。さらにそこから顔を上げれば、この場で一番頼《たよ》りになる人が安堵《あんど》の息をついたところだった。

「……長官」

「よく持ちこたえてくれた」

珍《めずら》しく焦りを顔に浮《う》かべて登場した慈雲《じうん》だったが、黄季達を背後に庇《かば》って振《ふ》り返った時には口元に笑《え》みが浮いていた。緊張《きんちょう》を帯びつつも常の飄々《ひょうひょう》とした雰囲気《ふんいき》を残した笑みに黄季の涙腺《るいせん》が勝手に緩んでくるのが分かる。

「お前が展開してくれた結界と修祓呪のおかげで連係を取り戻《もど》せそうだ。鸛《ばん》黄季、お前は結界を維持《いじ》しつつ退避《たいひ》に移行。風《ふう》民銘とともに李《り》明顕を始めとした怪我《けが》人の対応を……」

そんな黄季達に慈雲はテキパキと指示を出す。

だがその声が途中《とちゅう》で凍《こお》りついたように止まった。バッと顔を振り向かせた慈雲の背中が後ろから見ても分かるくらいに強張《こわば》っている。

「……おいおいおいおい、嘘《うそ》だろ……？」

慈雲の声が、上ずっていた。

そんな慈雲の後ろから慈雲が見つめる先を追った黄季は、そこにある光景に気付いた瞬間ヒュッと息を呑《の》む。

──無傷？　あれだけの衝撃を受けたのに？

姿を現した妖怪《ようかい》は、巨大《きょだい》な虎《とら》のような姿をしていた。慈雲の術に叩《たた》かれて地面を跳《は》ねるように吹き飛んだ妖怪は、しばらく地面でもがいてからムクリと立ち上がる。

そしてブルルッと体を震《ふる》わせ、分裂《ぶんれつ》した。

まるで猫《ねこ》が毛皮の水を振るい落とすかのような仕草。普通《ふつう》の猫と違うのは、撒《ま》き散らされる物が水ではなく瘴気《しょうき》で、そのひとつひとつが地面に落ちるたびに新たな妖怪が生まれてくること。

頭の先から尾《お》の先まで震わせた妖怪は、後ろ足で首筋を掻《か》きむしり、ひとつ伸《の》びをしてから天を見上げると咆哮《ほうこう》を上げた。

『─────────────っ!!』

天をつんざく音の暴力に追従するかのように、生まれ落ちたモノ達も叫ぶ、跳ねる、騒《さわ》ぐ。

「……効いてないどころの話じゃねぇ」

慈雲の声が、乾《かわ》いてひび割れていた。

絶望した人間の声だと、分かってしまった。

「どうしろってんだよ、こんな……一体一体撃滅《げきめつ》するだけでも人手が足りねぇってのに、結界維持したまま、怪我人と新人庇って、これを片付けろって？」

目の前には、呼吸数回分の間に広がった漆黒《しっこく》の軍勢の海。対する泉仙省は疲弊《ひへい》し、頭数を減らしている。おまけに怪我人と、前線に出たことがない新人達の方が戦える退魔師《たいまし》よりも数が多い状態だ。

――恩長官で無理なら、俺達にだって……

囁《ささや》くように落とされた絶望の声を聞いてしまった黄季の心も揺れる。

その動揺《どうよう》が、瘴気を核《かく》とする妖怪には巡《めぐ》る気を介《かい》して伝わるのだろうか。

虎の妖怪がピシリと尾を振る。その瞬間、妖怪の視線が全《すべ》て黄季に向いた。

「っ！」

――こいつら、俺が結界展開の核だって気付いて……！

現状、妖怪を忌地の中に封《ふう》じ込めている結界を支えているのは黄季だ。黄季が倒《たお》れればこの結界はもはや存在を維持していられない。妖怪達にとってこの場で最も目障《めざわ》りな存在は間違いなく黄季だ。

――こいつら総出で襲《おそ》ってきたら、恩長官だって捌《さば》き切れない。結界で阻《はば》んだって、持久戦に持ち込まれたら確実に負ける。

氷で貫《つらぬ》かれるような衝撃を受けているのに、思考だけは妙《みょう》に冷静だった。何かが振り切れてしまったのか心は妙に静かで、普段《ふだん》よりもよく回る頭が冷静に状況《じょうきょう》を分析《ぶんせき》している。

――結界でとりあえず足止めをして、他《ほか》の場所から応援《おうえん》が来るのを待つ？　……多分、その応援はもう来ない。じゃあ、俺だけ別行動して囮《おとり》になる？

だが何をどう分析してみても有効な一手が見つからない。何をどう考えても『泉仙省の全滅《ぜんめつ》』以外の未来を導き出せない。

凍りつく黄季の視線の先で、スッと天を仰《あお》いだ虎が天を落とす勢いで吼《ほ》えた。

それを合図に漆黒の軍勢が雪崩《なだれ》となって動き出す。

「っ……『汝《なんじ》の足は汝にあらず　汝の腕《うで》は汝にあらず　汝の四肢《しし》は汝にあらず　汝　いかにして地を這《は》うこと能《あた》わんや』っ‼」

我《われ》に返った慈雲が懐《ふところ》から符《ふ》を抜《ぬ》いて構える。

「『阻め　不動結界呪《じゅ》』っ‼」

慈雲が築いた結界が新たな壁《かべ》を立ち上げる。

慈雲が選んだのは持久戦だった。

「お前らっ！　俺が足止めしてる間に動ける人間全員纏《まと》めて撤退《てったい》しろっ‼」

空気を裂《さ》くような鋭《するど》い指示の声に黄季はハッと我に返る。さらに一瞬遅《おく》れてそれが何を意味するのか理解した黄季は、全身からザッと血の気が引くのを感じた。

「そ、そんなっ！　ち、長官はどうするつもりなんですかっ⁉」

「こいつらを完全に消し飛ばすには土地ごと吹《ふ》っ飛ばすしかもう手がない。引き付けるだけ引き付けたら派手にかち上げる。俺が暴れる時は周囲に他の人間がいない方が都合がいいんだ。だから全員纏めて撤退させろ」

「そ、それにしたってこれだけの大軍を一人では……っ‼」

「やるっきゃねぇだろ」

慌《あわ》てて言い募《つの》る黄季に対して、慈雲はニヤリと笑ってみせた。だがその顔からは血の気が引いている。

言い合う間にも妖怪の波は距離《きょり》を詰《つ》めていた。もう時間はない。慈雲が築いた結界と前線がかち合うまでに残された時間はあと数十秒といったところか。

――何か手は……っ!!

慈雲はこの大軍を一人で引き受けると宣言したのだ。

確かにそれしか手はないのかもしれない。間違いなくこの場で一番強い退魔師である慈雲がその手を選んだならば、そうするより他にないのかもしれない。

――でもそんな、長官を見捨てるような真似《まね》、できるわけ……!

「さっさと行けっ!!」

何か、何か手はないのか。

そこで思考が凍りついた黄季に慈雲の叱咤《しった》の声が飛ぶ。

「黄季っ!!」

動き出すのは民銘の方が早かった。左腕《ひだりうで》で明顕の体を抱《かか》えた民銘が右手で黄季の腕を摑《つか》む。

それでも黄季は、諦《あきら》めきれなかった。

――こんな時、どうしたら……！

悔《くや》しさに思わずきつく瞼《まぶた》を閉じる。

そんな黄季の脳裏《のうり》に浮かぶのは、疑問をぶつければいつだって一緒《いっしょ》に考えてくれた佳人《かじん》の姿で。

「氷柳さん……っ!!」

気付いた時には、すがるような声が漏《も》れていた。

その瞬間《しゅんかん》、だった。

そんな黄季の声に応《こた》えるかのように、瘴気に澱《よど》んだ空を裂く鋭い風切り音が聞こえたのは。

一瞬、彼を望みすぎた自分が幻聴《げんちょう》を聞いたのかと思った。

『咲《さ》き誇《ほこ》れ』

『爆華乱連《ばくからんれん》』

凛《りん》とした声が、全ての音を掻き消して、一瞬の静寂《せいじゃく》が生まれる。

その静寂に導かれるように瞼を開いた黄季は、慈雲が築いた結界と漆黒の波のちょうど真ん中を取るように大地に突《つ》き立てられた柳葉飛刀《りゅうようひとう》を確かに見た。

どこからともなく現れた飛刀は限界まで縮められた呪歌に応えて地脈を吸い上げ、白銀の閃光《せんこう》とともに爆発《ばくはつ》する。

「な……っ!?」

爆発はその一回だけでは収まらなかった。起点となった飛刀を中心とするように爆発は左右に広がっていく。

まるで漆黒の大地に白銀の花が乱れ咲くような景色。閃光は断末魔《だんまつま》の叫びさえ許さず妖《よう》怪《かい》の身を焼き、黒い花弁のように舞《ま》う瘴気の残滓《ざんし》さえ呑み込んで消し飛ばしていく。

「『爆華乱連』……そんな、……仕込みと、長文詠唱《えいしょう》が必須《ひっす》な上位爆撃《ばくげき》呪じゃ……」

突然《とつぜん》巻き起こされた爆撃に民銘が呆然《ぼうぜん》と呟《つぶや》く声が聞こえた。

だが黄季はその声を聞いていない。

「これが今の泉仙省《せんせんしょう》の総力か。随分《ずいぶん》と貧弱になったものだ。情けないにも程《ほど》がある」

涼《すず》やかな声とともに、大地を踏《ふ》み締《し》める足音が聞こえる。

「先日、お前に言われた言葉をそのまま返そう」

振《ふ》り返る。

この全てが、幻《まぼろし》でありませんようにと切に願いながら。

「お前は随分としょぼくれたな、慈雲」

黄季達の後ろに、その人はいつの間にか立っていた。

頭の後ろの高い位置でひとつに結《ゆ》わえられた艶《つや》やかな黒髪《くろかみ》が、戦場を渡《わた》る風に揺《ゆ》れていた。きっちりと着付けられた袍《ほう》の色は白。中に着付けられた衣《ころも》は前翼《ぜんよく》退魔師であることを示す青。全体的に氷を連想させる色使いの中、髪を結い上げた髪紐《かみひも》だけが鮮烈《せんれつ》に赤い。腰《こし》には白みが強い翡翠《ひすい》と鮮《あざ》やかな青輝石《きせき》で作られた佩玉が揺れていた。当人の涼やかな美貌《びぼう》と相まって、白衣《びゃくえ》に身を包んだ氷柳はその呼び名の通り氷の貴仙《きせん》のごとく黄季の目に映る。

「……氷柳さん」

小さく名を呼ぶと、氷柳の瞳《ひとみ》が黄季を捉《とら》えた。その瞬間、氷柳の瞳がわずかに揺れる。

──今の俺、すっごく情けないカッコしてんだろうな。

砂嵐《すなあらし》に揉《も》まれて衣も顔も汚《よご》れているだろうし、着付けもへったくれもないくらい全身ヨレヨレになっていることだろう。おまけに今の自分は呆《ほう》けた顔を晒《さら》していて、若干涙目《じゃっかんなみだめ》になっている自覚がある。

「氷柳さん、どうして……」

そんな場違《ばちが》いなことを思いながらも、口からこぼれていたのは別の問いだった。

氷柳は、戦いの場に引き出されることを厭《いと》って、全てを捨ててあの屋敷《やしき》に閉じこもる道を選んだ。表舞台《おもてぶたい》に戻《もど》ってこいと言う慈雲を退けるために黄季との縁《えん》を断《た》ったのも、屋敷の場所さえ把握《はあく》させないように全てを遮断《しゃだん》したのも、全ては己《おのれ》という存在をひた隠《かく》すため。

それなのに。

「こんな風に、出てきたら……っ！」

全《すべ》て、無駄《むだ》になってしまうのに。

また、戦いの場に、引き戻されてしまうのに。

「涼麗《りょうれい》、お前……」

氷柳の登場は慈雲にとっても想定外のことだったのだろう。呆然と呼びかける慈雲は今まで見たことがないほど呆気《あっけ》に取られた顔をしている。

そんな慈雲の声に、氷柳の視線が慈雲に向け直された。慈雲の腰にふたつの佩玉が揺れる様を見た氷柳は、一瞬だけ痛みをこらえるような表情を浮《う》かべる。

「お前、何を悠長《ゆうちょう》にチマチマと立ち回っている。それでも『猛華破竹《もうかはちく》』と讃《たた》えられた比翼《ひよく》の片割れか？」

だがその表情は、本当に一瞬だけで消えてしまった。

「情けない。しょぼくれるにも程がある。お前のかつての後翼《こうよく》が今のお前を見たら何と言うか」

「……は？」

「さぞかし嘆《なげ》くだろうなぁ？　もしくは『調教』という名の折檻《せっかん》行きか？」

真っ直《す》ぐに慈雲に向け直された顔に浮かんでいたのは、呆《あき》れや憐憫《れんびん》といった感情を含《ふく》んだ嘲笑《ちょうしょう》だった。冷笑、と言ってもいいかもしれない。元々の顔立ちが涼やかに整っている分、氷柳はそんな表情が実に様になる。

「以前のお前なら、これの二倍や三倍過酷《かこく》な現場に放《ほう》り込まれても、鼻歌混じりで片付けられただろうに。書類仕事というぬるま湯に浸《つ》かりすぎて現場を忘れたか？」

──……え？　これってもしかして、この間の意趣返《いしゅがえ》し？

黄季は思わず状況《じょうきょう》も忘れて目を瞬《またた》かせた。状況に置いていかれすぎた民銘はポカーンと口を開いたまま固まっている。

「あー、情けない、情けない。泉仙省泉部《せんぶ》長官が聞いて呆れる」

そんな一行を前になぜか氷柳は絶好調だった。軽く肩《かた》をすくめた氷柳はハンッと軽く鼻先でも笑う。

その瞬間、黄季は傍《かたわ》らからブチッと何かが千切れる音を確かに聞いた。

「お……ん、前はよぉ……っ!!　黙《だま》って聞いてりゃ……っ!!」

黄季は動きがぎこちない首を動かして傍らを見上げる。

その瞬間、ブワッと怒《いか》りの色を乗せた霊力《れいりょく》が立ち上った。

「八年も自分勝手に引き籠《こ》もっていやがったテメェにやいのやいの言われたかねぇわっ!!　しょぼくれただぁっ!?『立場をわきまえて行動できるようになった』って言えやっ!!　下がいる状態で長官が昔みたいに無鉄砲《むてっぽう》に前線出てって倒《たお》れでもしてみろっ!!　誰《だれ》が現場仕切ンだよっ!?　俺《俺》だって歯痒《はがゆ》かったわっ!!」

「とか言いつつ、さっき自爆戦を選択《せんたく》していなかったか？」

「全員無事に撤退《てったい》して残ってんのが俺だけになれば、ここの現場に指揮系統もクソもねぇだろっ!!　そこまで行きゃあそれこそ昔みたく自由にやらせてもらうっつのっ!!」

「ほぅ？　昔のお前のように、無鉄砲に？」

「無鉄砲だったのは、俺っつーか俺を引っ提げた貴陽《きよう》だったけどなっ!!」

「後輩《こうはい》の後翼に引きずられて前線に投げ込まれる前翼……。確かにあれは見物だった。あの尻《しり》に敷《し》かれた感じは」

「敷かれてねぇっ!!」

「そもそも今歯痒さを感じているなら、歯痒くならない方法を考えて現場を仕切ればいいだろう。まあ、この状況では、撤退するよりも前から指揮系統も何もあったものではないが」

「うるっっっっせぇわっ!!　今の俺には後翼がいねぇんだよっ!!　そんな簡単に無茶《むちゃ》できるかっ!!」

　二人の言い合いにただただ圧倒《あっとう》されていた黄季はその言葉にハッと目を瞠《みは》った。後ろにいた民銘も恐《おそ》らく同じ反応をしていただろう。

　泉部の退魔師《たいまし》は、良くも悪くも比翼連理。対《つい》を誓《ちか》った一対は、一対が揃《そろ》ってこそ真価を発揮する。比翼が空を渡るためには、己とは異なる翼が必要だ。

「あーもう分かった！　やってやんよっ!!　引き籠もって真実しょぼくれたテメェに八年

体張ってきた俺が目にモノ見せてやんよっ!!」

だが慈雲はその『常識』を蹴散《けち》らすかのように自棄《やけ》っぱちに叫《さけ》んだ。

その勢いのまま慈雲はパンッと右の拳《こぶし》を左の手のひらに打ち付ける。右の親指の付け根を左の掌《たなごころ》に添《そ》えるように拳をひねった慈雲は、そのままゆっくりと右手を横へ引き抜《ぬ》いた。

その手に左の手のひらからこぼれ落ちた鈍色《にびいろ》の光が刃《やいば》を形作る。

「後で『申し訳ありませんでした慈雲様』って泣いて詫《わ》びやがれっ!!」

重い風切り音とともに振り抜かれた慈雲の右手には、刃先《はさき》から柄《つか》までの全長が慈雲の身長を超《こ》える偃月刀《えんげつとう》が握《にぎ》られていた。備えられた刃は身幅《みはば》が広く、厚さと反りもあって見ただけでもその重量が伝わってくるような気がする。黄季は初めて目にしたが、これが前翼として戦場を舞う慈雲の呪具《じゅぐ》なのだろう。

「涼麗、お前、そんな大口叩《たた》いたなら、このまま何もしないで『はい、さよーなら』なんて無様を晒すつもりはねぇだろうな？」

いかにも重そうな武器を片腕《かたうで》で肩に担《かつ》ぎ上げた慈雲は鋭《するど》い目で氷柳を見据《みす》える。その言葉に氷柳の瞳が揺らいだのを、黄季は確かに見た。

色の薄《うす》い唇《くちびる》が、ゆっくりと開く。

「まっ、待ってくださいっ！」

その瞬間《しゅんかん》、黄季は思わず叫んでいた。不意を衝《つ》かれたような顔で氷柳と慈雲、二人ともが黄季を振《ふ》り向く。何を訴《うった》えたいのか分からないまま二人の間に割り込んだ黄季は、そんな二人を前に思わずたじろいだ。

「ひ、氷柳さんは……っ！」

戦いたくない。

これは間違いなく氷柳の本心だろう。

だが氷柳は己の意志でこの場に出てきた。状況的にも氷柳に頼《たよ》らずこの場を切り抜けることはもはや不可能だろう。

氷柳に戦ってもらうしかない。

それでも心の奥底には納得《なっとく》できない自分がいる。

『……戦わなくていい、と。……そう言われるだけで、ここまで心が救われるとは』

あんなことを言っていた氷柳を、戦場に引き戻していいはずがないのだから。

「……鸛黄季」

氷柳を見上げたまま言葉を失った黄季から、氷柳は一体何を読み取ったのだろうか。

ふと、涼《すず》やかな声が黄季の名を呼んだ。

初めて、この声に名を呼ばれた。

「お前に、訊《たず》ねたいことがある」

無防備に氷柳を見上げ続ける黄季に、氷柳が向き直る。

今の黄季は地面にへたり込んでいて、対する氷柳は悠然《ゆうぜん》と佇《たたず》んでいる。そういえば屋敷《やしき》で行われた実地訓練の後も、こうやってへたり込んでは氷柳を見上げていた。そう遠い昔のことでもないのに、今は何だかその日々が妙《みょう》に懐《なつ》かしい。

「お前の家族は、『戦いたくない』と泣きながら戦場に旅立っていって、皆亡《みなな》くなったと聞いたが」

そんな黄季を静かに見据えて、視線と同じく静かな声で言葉を紡《つむ》ぎながらも、氷柳はユラユラと瞳《ひとみ》を揺《ゆ》らしていた。

「もしもお前の家族が『戦いたい』と言って自らの意志で戦場に旅立っていたのだとしたら、お前は家族を笑顔《えがお》で見送ることができたのか？」

その揺れが何から来るものなのかは、黄季には分からない。だがその問いが氷柳にとって酷《ひど》く重要であるということだけは分かった。

だから、一度しっかりと己《おのれ》の心を見つめて、無意識にでも偽《いつわ》りを紡いでいないかを確かめて、コクリと空唾《からつばき》を呑《の》んでから、黄季は唇を開く。

「笑顔で、っていうのは、多分、無理です。家族が、己の意志であっても戦場に出るってなったら……多分俺は、泣いてました」

黄季が必死に紡ぐ言葉を、氷柳は屋敷で黄季と向き合っていた時と同じように静かに聴《き》いてくれる。瞳を揺らめかせながらも、真っ直《す》ぐに黄季に視線を据《す》えて。

だから黄季も、同じように真っ直ぐに氷柳を見つめて、ありのままを口にする。

「でもきっと、泣きながらも、『気を付けてね、絶対に帰ってきてね』って、送り出すことはできたと、思います。……あの時の俺は、そうやって送り出すことも、できなかったから」

そんな黄季の言葉を受け止めた氷柳が、何かを思うように静かに瞼《まぶた》を閉じた。

「……そうか」

一瞬、世界の全《すべ》てが止まってしまったかのような静寂《せいじゃく》が訪《おとず》れる。

そんな世界に染《し》み込ませるかのように、ポツリと氷柳の声は落ちた。

「お前がそうあれる世界に、私もいたい」

「……え？」

氷柳の瞼が静かに上がる。再び現れた瞳はもう揺れていなかった。

水鏡《すいきょう》のように凪《な》いだ瞳に意志の光を宿した氷柳は、振り向きざまに左腕《ひだりうで》を振り抜いた。

その手から放たれた飛刀が追撃《ついげき》を掛《か》けようとする漆黒《しっこく》の波に突《つ》き刺《さ》さり、新たな爆風《ばくふう》を生む。

「場にいる退魔師を全員下げろ」

鋭く敵陣《てきじん》を見据えた氷柳は懐《ふところ》から匕首《ひしゅ》を抜いた。

結局氷柳は慈雲の問いに是《ぜ》とも否とも答えていない。だがその行動と物言いは完全に氷柳が戦うことを選んだと物語っている。

「怪我《けが》人は優先的に泉仙省《せんせんしょう》へ転送。動ける人間を結界展開補助へ回し、鶺黄季から結界展開起点を移動させろ」

付き合いが長い慈雲にはそれだけで返答として十分だったのだろう。慈雲の顔に喜色を乗せた好戦的な笑みが翻《ひるがえ》る。

だが氷柳が続けた言葉にその笑みが凍《こお》りついた。

「あぶれた人手は全員お前の後翼にくれてやる」

「は？　お前、単騎《たんき》で前線に出るつもりか？」

「誰がそんなことを言った」

慈雲が肩《かた》に偃月刀を担いだまま驚愕《きょうがく》とも疑念ともつかない表情で氷柳を見遣《みや》る。

そんな慈雲に対して涼やかに笑んだ氷柳はそのまま視線を黄季に流した。

「私の後翼はこれが務める。だから他《ほか》の有象無象《うぞうむぞう》どもはお前にくれてやると言っているんだ」

「はぁっ⁉」

叫んだのは慈雲だけだった。指名された当人である黄季は、突然《とつぜん》のことに驚《おどろ》きすぎて叫ぶことさえできずに氷柳を見上げる。

──え？

「正気か涼麗っ⁉」

「正気も何も。今の泉仙省に私に合わせられる退魔師はこれしかいまい」

やっとのこと内心で呟《つぶや》いた言葉が『え？』だけだったというのに、氷柳はそんな黄季を待ってはくれない。

詰《つ》め寄る慈雲を軽くいなした氷柳は、いつもと変わらず、……いや、常よりも自信にあふれた表情で黄季を流し見る。

「そうだな？　黄季《おうき》」

「……っ‼」

戦いたくないはずである氷柳が、なぜこの時に戦場に舞《ま》い戻《もど》ったのか、黄季の答えにこぼした言葉の真意はどこにあったのか、黄季には少しも理解ができていない。

それでも。

それでも、そんな氷柳が己の意志で戦場に立つと言うならば。ともに戦えと言ってくれるならば。

釣《つ》り合いも何もかもをすっ飛ばして、そんな氷柳は自分が守りたいと、強く思った。

だから黄季は躊躇《ためら》いを全て呑み込んで、力を込めて腹の底から叫《さけ》ぶ。

「はいっ‼」

そんな黄季に、一瞬だけ氷柳が口角を上げた。

だがそんな微《かす》かな笑みは敵陣に視線が戻された瞬間《しゅんかん》に掻《か》き消える。

「頭を潰《つぶ》さんことにはどうにもならん。小物は適当に蹴《け》散《ち》らして虎《とら》を落とす」

「あいよ」

「各後翼《こうよく》は前翼《ぜんよく》の援護《えんご》。結界展開組は妖怪《ようかい》に新たな瘴気《しょうき》を供給させないように修祓《しゅうばつ》を続けるように」

氷柳の声に応《こた》えた慈雲が懐から引き抜《ぬ》いた信号弾《だん》を幾《いく》つも打ち上げる。視界が晴れた今ならばこの信号弾で皆と連係が取れるはずだ。

「氷柳さん」

慈雲が信号弾を上げている間になんとか立ち上がった黄季は、懐に片手を突っ込みながら氷柳に駆《か》け寄った。そんな黄季にもう一度氷柳が顔を向けてくれる。

「これ、持っててください」

黄季が懐から取り出したのは『水鏡』の呪が掛けられた鏡だった。ひと月振《ぶ》りに返却《へんきゃく》されてきた呪具《じゅぐ》に視線を落とした氷柳は、問うように黄季を見遣る。

「……これは」

「目印にしたいんです。今度こそ、氷柳さんを見失わないように」

空いている氷柳の左手を無理やり取って鏡を押し付けた黄季は、そのまま氷柳の手と鏡を己の手で包み込むように握《にぎ》りしめた。

「このひと月、ずっと持ち歩いてたから。この鏡には今、俺の力が通ってます」

氷のようだとばかり思っていた氷柳の手は、実際に触《ふ》れてみれば人肌《ひとはだ》の温《ぬく》もりを帯びていた。

綺麗《きれい》なのに武骨さもある氷柳の手をそっと握りしめて、黄季は祈《いの》るように目を閉じる。

「今度こそ、氷柳さんの足を引っ張らないと誓《ちか》います」

そんな黄季に氷柳が言葉もなく目を瞠《みは》ったのが分かった。

──恩長官が氷柳さんの屋敷に押しかけてきた時みたいな、あんな風に氷柳さんに全面的に頼《たよ》りきりで、全てを負わせて事件を解決させるような事態には、もう絶対にさせない。

今の自分がひ弱な雛鳥《ひなどり》であることは分かっている。

だけど今、それを理由に背後に庇《かば》われっぱなしではいたくない。氷柳に直接後翼に指名された今は、さらに強くそう思う。

その決意とともに、瞳《ひとみ》を開く。

真っ直ぐに氷柳を見上げた自分は、きちんと力強く笑えているだろうか。

「貴方《あなた》が飛ぶ空は、穏《おだ》やかです。御《ご》武運を」

後翼が対《つい》である前翼を戦場に送り出す時に口にする言葉を、黄季は覚悟《かくご》とともに声に出した。

自分達は正式な対ではない。だから本来黄季には氷柳に向かってこの言葉を口にする資格はないのかもしれない。

それでも黄季は今、この言葉を氷柳に贈《おく》りたかった。

宣誓《せんせい》と祈りの言葉とともに氷柳から手を離《はな》す。

そんな黄季を目を丸くしたまま見つめていた氷柳が、微かに口角を上げた。

「……貴君の瞳に蒼天《そうてん》が掛からんことを」

黄季の言葉に対して氷柳が口にしたのは、対となる後翼から贈られた言葉に前翼が応えるための言葉だった。

——受けてくれた。

一瞬だけへニョリと緩《ゆる》んだ口元を引き締《し》め、黄季は力強く頷《うなず》いてから一歩後ろに身を引いた。同時に懐から取り出した数珠《じゅず》を両手に絡《から》めれば、氷柳は黄季から受け取った鏡を懐にしまいながら慈雲を振《ふ》り向く。

そんな氷柳にニッと慈雲が笑いかけた。

「んじゃ一丁、行きますか、ねっ！」

慈雲と氷柳の間に打ち合わせの言葉はなかった。

それでも計ったかのように同時に二人は前へ踏《ふ》み込む。踏み込みと同時に放たれた氷柳の飛刀が新たに前線を抉《えぐ》った瞬間、二人の体は慈雲が展開していた結界よりも前へ出ていた。

　――っ、早い！

　前翼二人は手元の刃《やいば》で妖怪を屠《ほふ》りながらひたすら前へ駆けていた。黄季を狙《ねら》っていた妖怪の波は結界より前に飛び出してきた二人を餌《えさ》と認識《にんしき》したのか、攻撃《こうげき》の矛先《ほこさき》が二人へ切り替《か》わる。

　――それでも、今の俺なら追える！

「『月影《つきかげ》　幻《まぼろし》　春霞《はるがすみ》　汝《なんじ》に触れること能《あた》わず　その影《かげ》さえ払《はら》い落とせ　避刃《ひじん》』っ!!」

　黄季は氷柳の懐にある己《おのれ》の霊力《れいりょく》の欠片《かけら》に意識を集中させると、欠片を起点として球を描《えが》くように防護の結界を展開する。その隣《となり》で泉仙省の生き残り達が必死に慈雲の動きを追う形で防護結界と援護の浄祓呪《じょうばつじゅ》を展開していた。慈雲の斬撃《ざんげき》に耐《た》え切れず、展開される結界が片《かた》っ端《ぱし》から壊《こわ》れていく様は、まるで慈雲の行く先に玻璃《はり》の欠片がちりばめられているかのようだ。対して黄季が氷柳の周囲に展開した結界は、外から襲《おそ》い来る妖怪達はきっちり弾《はじ》き、逆に内側から氷柳が振るう刃の勢いは一切妨《いっさいさまた》げていない。高速で突《つ》き進む氷柳を包み込んだまま、ブレることなく実に安定した展開を続けている。

　――加勢の援護を考えるよりも、まずは基本の防御《ぼうぎょ》を強化！

　氷柳の実力の一端《いったん》を黄季は知っている。氷柳の技量を考えれば、余計な援護はむしろ邪魔《じゃま》になるはずだ。それよりも氷柳が目の前のことにだけ集中できるように、絶対の防御を敷《し》いた方が氷柳の役に立てる。

『集《つど》い　爆《は》ぜろ　昇《のぼ》り　落ちろ』！」

黄季がより一層氷柳の動きに集中するその視線の先で、慈雲の呪歌が轟《とどろ》いた。腹の底から叩《たた》きつけるように紡《つむ》がれる呪歌に重ねて氷柳が新たに飛刀を擲《なげう》つ。

次の瞬間、強く大地を蹴《け》って跳《は》ねた慈雲が偃月刀を大きく振りかぶった。

「『薙《な》ぎ払え　斬月落陽《ざんげつらくよう》』っ!!」

霊力を受けた偃月刀《えんげつとう》が眩《まばゆ》い光を放ちながら刃の軌道《きどう》の先まで斬撃を放つ。すさまじい衝《しょう》撃《げき》とともに大地が割れ、慈雲の前に一筋の道が開いた。その道をさらにこじ開けるかのように氷柳が放った飛刀が爆ぜる。

「涼麗っ!!」

着地と同時に偃月刀の切っ先を地面に突き立てた慈雲が叫ぶ。こじ開けられた道に氷柳が飛び込むと同時に慈雲は偃月刀を通じて大地に術式を撃《う》ち込んだのか、慈雲を中心にさらに円を描くかのように光が炸裂《さくれつ》し、大地ごと妖怪が消し飛ばされた。

それを視界で確かめるよりも早く、黄季は氷柳の周囲に追加の修祓結界を展開する。

「『打ち祓《はら》え　打ち倒《たお》せ　其は光　其は清浄《せいじょう》なる光の刃』っ!!」

外周を囲む結界の力が上がっているのか、結界内の瘴気は格段に薄《うす》れてきている。討《う》たれた妖怪が再生せずに消えていく一方なのがその証拠《しょうこ》だ。

――押せば勝てる！

その希望を胸に黄季は氷柳を囲う結界に力を送り込む。この軍勢の頭である虎《とら》の妖怪に向かって真っ直《す》ぐに突き進む氷柳の周囲からわずかに瘴気が薄れた。

その瞬間、ついに氷柳が虎の前に躍《おど》り出る。

『――――――――っ!!』

虎も目の前に飛び出してきた退魔師が己の身を削《けず》っている諸悪の根源だと理解しているのだろう。出会い頭《がしら》に氷柳が打った飛刀を遠吠《とおぼ》えと振り抜いた尾《お》で叩き落とした虎が氷柳に飛びかかる。

その攻撃を見越《みこ》していた黄季は、数珠を引きながら印を切った。

『打ち祓え　神呪雷爆撃《しんじゅらいばくげき》』っ!!」

氷柳の身を守るように展開されていた結界面を伝って雷撃《らいげき》が走る。雷撃に弾かれた虎が怯《ひる》んだように一瞬氷柳と距離《きょり》を取った。

その瞬間を、氷柳は決して逃《のが》さない。

『これは天の声　天の怒《いか》り　天の裁き』」

匕首を鞘《さや》に戻《もど》した氷柳の両手から幾重《いくえ》にも飛刀が放たれる。乱れ打たれた飛刀は虎を囲うように地面に突き立てられた。

『天土《あめつちつらぬ》貫く天剣《てんけん》の刃を我《われ》に下賜《かし》し給《たま》え』」

氷柳の指が複雑に印を切る。涼《すず》やかな声に呼応するかのように飛刀に白銀の光が宿り、やがてその光は虎を囲い込むかのように互《たが》いを起点として線を結ぶ。さらにそれを援護《えんご》するかのように泉仙省《せんせんしょう》が展開する結界と氷柳のために展開された黄季の結界も輝《かがや》きを増した。

その全《すべ》てを従えて、氷柳が組んだ印を叩き落とす。

「『轟来天吼《ごうらいてんこう》　雷帝召喚《らいていしょうかん》』っ‼」

一瞬《いっしゅん》の静寂《せいじゃく》。

その後に天から叩きつけられた光の刃は、轟音《ごうおん》とともに全てを白く焼き尽《つ》くした。

「……っ‼」

黄季は思わず息を詰《つ》めると両腕《りょううで》で顔を庇った。視界を焼く閃光《せんこう》と聴覚を消し飛ばす爆音《ばくおん》が駆《か》け抜《ぬ》けた後には、全力で踏ん張っていないと吹《ふ》き飛ばされてしまいそうな爆風までもが襲ってくる。それくらい、最高位にある退魔師が行使した『轟来天吼』はすさまじかった。

「……っ」

袖《そで》をはためかせていた風がゆっくりと凪《な》いでいく。同時に、黄季達を守ってくれていた慈雲の不動結界と民銘の白蓮華《はくれんげ》がホロホロと崩《くず》れて消えていくのが分かった。

そっと、腕《うで》を退《ど》かして、先を見つめる。

そこに広がっていたのは、荒野《こうや》だった。雷帝に討たれて焼けた地面の上を渡《わた》る風が空に

還《かえ》っていく。その中に舞《ま》う黒い残滓《ざんし》は花弁のようで、荒野の中心に立つ佳人《かじん》がただ一人、徐々《じょじょ》に黒が消えていく蒼天を見上げていた。

「……やっ、た……」

カクリと膝《ひざ》から力が抜けた黄季は今度こそ地面にへたり込んだ。荒野を見渡《みわた》せば同じようにへたり込んだ上官や先輩《せんぱい》達が何人もいる。

──生きてる。

視線を落とした自分の両手が震《ふる》えていた。重く体にのしかかる疲労感《ひろうかん》も、体の震えも、生きていなかったら今頃《いまごろ》感じられなかったものだ。

「……お疲《つか》れさん」

そんな当たり前のことを今更《いまさらか》噛み締めていた黄季の上からポンッと言葉が降ってきた。ハッと顔を上げれば、いつの間にか歩み寄っていた慈雲が土埃《つちぼこり》に汚《よご》れた顔で疲労が混じった笑《え》みを浮《う》かべている。

「よく頑張《がんば》ったな」

その短い労《ねぎら》いの言葉には、短さにそぐわないたくさんの感情が込められているような気がした。

「長官……」

思わず黄季の涙腺《るいせん》が緩《ゆる》む。

そんな黄季にひとつ笑みをこぼしてから、慈雲は背後を振《ふ》り向いた。

「お前も、ありがとな」

そこには、こちらに歩み寄ってくる氷柳がいた。その歩みは相変わらず優雅《ゆうが》で、白衣《びゃくえ》にはやはり汚れのひとつも見当たらない。先程《さきほど》までの戦闘《せんとう》を見ていなかったら、今現場に到《とう》着《ちゃく》したばかりだと言われても信じてしまいそうな静かな佇まいだった。

「来てくれてなかったら、俺ら全滅《ぜんめつ》してたわ」

「……お前が私を泉仙省に復帰させようとしていたのは、こういう事態を見越していたからなのか？」

不意に、氷柳が問いを口にした。

その問いに慈雲が表情を引き締《し》める。

「……そうだと言ったら、戻ってきてくれるのか？」

問いに問いを返された氷柳は、慈雲と数歩の間合いを残して足を止めた。慈雲の傍《かたわ》らに黄季もいるから、黄季とも同じ間合いで向き合っていることになる。

「八年前、あの大乱の折に正された都の気は、再び陰《いん》に傾《かたむ》きつつある。西院大路《さいいんおおじ》の市一帯の気が陰に傾いてたのも、その兆候の一端だ」

その言葉に黄季はハッと目を見開いた。一方氷柳は変わることなく静かな瞳《ひとみ》を慈雲に据《す》えている。

——市でのことは、俺の実地訓練のせいでも、氷柳さんのせいでも、長官のせいでもなかった？

その事実に、改めて黄季の肩《かた》からはホッと力が抜けた。状況《じょうきょう》からして安堵《あんど》している場合ではないのだろうが、誰《だれ》も黒幕ではなかったという事実に黄季はひとまず良かったと胸《むね》を撫《な》で下ろす。

「遅《おそ》かれ早《はや》かれ、今みたいなことは起きると予想できていた。だからどうしても、腕が立つ退魔師《たいまし》を自陣《じじん》に引き入れたかったんだ」

黄季が気を緩めていても、相対した二人は張り詰めたままだった。特に氷柳は慈雲に据えたままの目をスッとすがめて口を開く。

「それはお前の独断か？　それとも国に命じられたことか」

「俺の独断だ。八年前、大乱の兆候を無視し続けた挙げ句に都を焼き払《はら》った国政中枢《ちゅうすう》部なんぞ、俺が信じてると思うのか？」

ハッと嘲《あざけ》りを隠《かく》さず笑った慈雲の顔には、触《ふ》れればその冷たさで切れそうなほど酷薄《こくはく》な笑みが浮いていた。

「皇帝含《ふく》めて全部そっくり入れ替《か》わったとはいえ、新たに椅子《いす》を占《し》めた輩《やから》も所詮《しょせん》は似た者同士だ。先帝側と立ち位置が対極だったってだけで、こっちの忠告を無視して暴走したやつらだってことには変わりねぇよ」

──え？　どういうこと？

思わぬ言葉に黄季は目を瞬《またた》かせる。だが二人はその詳細《しょうさい》を黄季に説明するつもりはないようだった。

「お前を引きずり出すために必要だったこととはいえ、お前と黄季の心を踏《ふ》みにじるような真似《まね》をしたことは悪かったと思っている。すまなかった」

冷笑《れいしょう》を掻《か》き消し、真剣《しんけん》な顔で潔《いさぎよ》く言い切った慈雲は深々と頭を下げる。そんな慈雲を前にしていても、氷柳の表情が動くことはなかった。それでも何となく、黄季には氷柳が慈雲の謝罪を受け入れていることが雰囲気《ふんいき》で分かる。

だが慈雲はそれでも不十分だと思ったのか、頭を上げると真剣な表情のまま言葉を続けた。

「言葉だけじゃ詫《わ》びが足りないって言うなら、お前らが納得《なっとく》する形でも詫びを入れたいと思ってる。贖《あがな》えと言うならば、できるだけ希望には添《そ》いたい」

改めて姿勢を正した慈雲の言葉は場に重々しく響《ひび》いた。ピンと張り詰めた空気に、視線を向けられていない黄季まで思わず背筋が伸《の》びる。

「だから涼麗。泉仙省に戻ってきてくれないか？」

その言葉に対する答えを、氷柳はもう心に携《たずさ》えてきたのだろう。真っ直《す》ぐに慈雲を見つめ返す氷柳の瞳は、もう揺《ゆ》れていなかった。

深く清水を湛《たた》えた湖のように凪いだ瞳をした氷柳は、静かに唇《くちびる》を開くと慈雲への答えを口にする。

「条件がある。私に贖いたいと言うならば、この条件を吞《の》め」

深く染《し》み入るような声は、凛《りん》と荒野に響いた。

「私の後翼《こうよく》は鸛黄季で固定。……この条件を泉仙省が吞めると言うならば、復帰してやってもいい」

「……え？」

だがその内容は、耳を疑うような代物《しろもの》だった。

聞き間違《まちが》いようなどない。だがどう考えても聞き間違いでしかない内容に黄季は思わず慈雲に視線を流す。だが慈雲が聞き取った内容もどうやら同じであったらしい。ポカンと口を開けて固まっていた慈雲は、ノロノロと上げた指を氷柳に突《つ》き付けてやっとのことで言葉を口にする。

「固定、って……それ、お前から、黄季に比翼宣誓《ひよくせんせい》を申し入れるってことか……？」

「そうだが？」

「おまっ……正気かっ⁉　こいつはまだ位階拝受どころか翼編試験《よくへん》さえ受けてない黒袍《ド新人》だぞっ⁉」

「関係ないだろう。私に合わせきれる退魔師は現状これだけだ。成果は先程十分に示した。

それに」

慌《あわ》てふためく慈雲を前に、氷柳はその美貌《びぼう》に笑みを広げてみせた。

もっともその笑みは人の心を騒《さわ》がせるような美しく華《はな》やかなものではなく、冷笑というか、何か悪だくみを隠しているような、そんな人の魂《たましい》を凍《こお》りつかせるような温度の笑みであったが。

「無位階であることが問題であるならば、翼編試験を経ずともすぐに位階を得られる方法があるはずだ」

「はぁっ⁉」

「『前翼及《ぜんよくおよ》び後翼の位階は、翼編試験の合格者、並びに四位以上の位階を持つ退魔師の推薦を得た者に授けるものとする』」

思わぬ場面で見ることになった氷柳の笑みに、黄季は息も忘れて凍りつく。だがどちらかと言えば、慈雲は向けられた笑みよりもその言葉に凍りついたようだった。

「何せ、私自身が後者で位階を得た身だからな。おかげで私は入省当時から白衣で青輝石《あおきせき》の佩玉《はいぎょく》持ちだったわけだが」

確かに、氷柳が言っていることは正しい。

ほとんどの人間が翼編試験を経て位階を得ることになるが、稀《まれ》にずば抜《ぬ》けた実力と有力な後見人を持った者が入省すると、翼編試験という過程をすっ飛ばして位階を得ることもあると聞いたことがある。有名呪家《じゅか》の長《おさ》や祓師寮《ふっしりょう》学長、その他有力者の推薦があれば、と聞いていたのだが、それが『四位以上の位階を持つ退魔師』という条件なのだろう。

──え？　でも何で今その話が？

今ひとつ話についていけていない黄季は、ポカンとしたまま二人を見上げ続ける。何だかサラリと氷柳の口から『入省当時から白衣で青輝石の佩玉持ち』とかいうものすごい経歴が飛び出てきたような気がしたが、もはやそれを気にしていられるだけの心の余裕《よゆう》もない。

そんな黄季の前で、氷柳が華のように艶《あで》やかな笑《え》みを広げた。

「さて。私の記憶《きおく》が正しければ、泉仙省に属していた当時の私の位階は三位の下……ああ、確か乱を平定した功績で、永膳《えいぜん》ともども三位の上まで格上げになったんだったかな？」

本来ならば魂を抜かれるほどに見惚《みと》れそうなその笑みに、黄季はなぜか危機感を覚えた。氷柳の笑顔を初めて見た黄季が危機感を覚えているのだから、付き合いが長い慈雲がその笑みの裏に隠れているものに気付かないはずがない。

「そんな私を泉仙省に呼び戻《もど》すにあたって、まさか四位以下の位階に置くなんてことはあるまいな？　なぁ、恩、慈、雲、泉部長官？」

簡単に国くらい傾けられそうな毒花の笑みを浮《う》かべたまま、氷柳はわずかに小首を傾《かし》げた。そんな氷柳に顔を引き攣《つ》らせた慈雲がパクパクと口を動かすが、肝心《かんじん》の言葉が出ていない。

ない。そして黄季はもはや呼吸さえ忘れて氷柳を見上げていた。

――え……え？　つまり、俺は、氷柳さん……というより『汀涼麗《ていりょうれい》』の推薦で、翼編試験を受けてないのに位階拝受しちゃうってこと？

氷柳と組むという、ただそれだけの理由のために。そして黄季の聞き間違いでなければ、氷柳が泉仙省《せんせんしょう》に復帰するにあたって出した唯一《ゆいいつ》の条件が『鶸黄季を唯一の相方にすること』である。

――っていうか、氷柳さん、それが通らないなら泉仙省には復帰しないってこと？　そんな無茶苦茶《むちゃくちゃ》が通るわけ？　というか、本当にその条件でいいんですかっ!?

「まあ、返事を急《せ》かすつもりはない。私は屋敷《やしき》でゆるりと返事を待つとしよう」

最後まで綺麗《きれい》に笑って言い切った氷柳はチラリと黄季に視線を流した。ほけらっ、と実に気が抜けた表情を晒《さら》す黄季を見た氷柳は、その瞬間《しゅんかん》だけ微《かす》かに口角を上げただけの、あの毒気のない微かな笑みを黄季に向ける。

「返事はこれに持たせろ。これにだけ屋敷の場所が分かるように結界を組み替えておいてやる」

そう言うと、氷柳は黄季達の傍《かたわ》らをすり抜けて去っていった。

ハッと我《われ》に返った黄季が振《ふ》り返った時にはもう姿がなかったから、転送陣《じん》でも使ったのだろう。本来転送陣は移動する場所と移動したい場所、それぞれにあらかじめ転送陣を仕込んで固定してからでしか使えない代物なのだが、氷柳ほどの実力者になるとどうにでもなるものであるらしい。

「……『返事はこれに持たせろ』って、……それってつまり、『返事は「是《ぜ》」しか受け付けていないからな』ってことじゃねぇか……」

残された慈雲が頭を抱《かか》えてうめくように呟《つぶや》く。

それでも今ひとつ事の重大性が呑み込めていない……というよりも、事が大きすぎて理解することを放棄《ほうき》してしまった黄季は、何も考えられないまま空を見上げた。

氷柳が取り戻してくれた空は、あんなことがあった後だというのに、抜けるように青い。

「蒼天《そうてん》……」

こんな空を飛ぶ鳥は、きっと、さぞかし気持ちが良いことだろう。

へたり込んだまま空を見上げた黄季は、そんなことを思うと口元に笑みを浮かべていた。

「……はい。ええ。一手、我らが遅《おく》れたかと」

荒野《こうや》を吹《ふ》き荒《すさ》ぶ風に、緋《ひ》色《いろ》の袍《ほう》が揺れていた。

その風に微かに目をすがめながら、男は遠くに見える人影《ひとかげ》に目を凝《こ》らす。

何もかも砂埃《すなぼこり》に煤《すす》けた中、何者にも穢《けが》されることなどないような白衣《びやくえ》が見えた。遠目ではあるがその背中に流れ落ちる艶やかな黒髪《くろかみ》と、その隙間《すきま》から垣間見《かいまみ》える絶世の美貌を見間違えるはずがない。

「まさか、自ら出てくるとは」

姿を消してから八年。もはや表舞台《おもてぶたい》には戻ってこないと思っていた。……いや、戻ってくるはずはないと、主《あるじ》より聞かされていた。

男は八年前の彼の姿を知らないし、彼についての詳細《しようさい》も知らない。

だが男の主の計画に彼の介入《かいにゆう》は存在していなかった。彼はあくまで主が取得を目指す目標物であって、自ら意思を持って動き回るような存在ではない。男が知っているのはそれだけだ。

「一体何が、彼を表に引きずり出したんでしょうね？」

笑みを掻《か》き消して呟いた男は、瞬《まばた》きひとつで常の笑みを纏《まと》うと、手にしていた水晶玉《すいしようだま》を懐《ふところ》に戻した。

そんな男の許《もと》に、人影が走り寄る。

「魏《ぎ》上官、ご無事でしたか」

「途中《とちゆう》から反応が摑《つか》めなかったので、最悪の事態も覚悟《かくご》していたのですが」

その人影が試験補佐《ほさ》役として招集されていたまだ年次の浅い部下達であると知った魏浄《じよう》

祐《ゆう》は、少しだけ微苦笑《びくしよう》に見える表情を広げてみせた。

「恥《は》ずかしながら、初撃をいなしきれずに気を失ってしまったようでね。しばらく現場を離《はな》れていたから、油断していたようだ。いや、恥ずかしい」

浄祐が適当に並べた言葉に、若手二人は納得《なつとく》を顔に広げた。

「何はともあれ、ご無事で何よりです」

「長官指示の下、撤退《てつたい》作業が始まります。魏上官も……」

「分かりました。すぐに行きます」

適当に話を合わせて送り出せば、若手二人は一礼してあっさりとその場を後にした。

「……甘いですねぇ」

万が一この場に登場したのが恩慈雲であったならば、こうもあっさり解放してはもらえなかっただろう。

いかに現場を離れて久しいとはいえ、浄祐は五位の上の位階を持つ退魔師《たいまし》だ。そんな実力者である浄祐があの程度の攻撃《こうげき》とも言えないものをいなせないはずがないし、万が一いなせていなかったら今、こんなにあっさりと意識を取り戻しているはずもない。

この状況《じようきよう》を恩慈雲が知れば、聡《さと》い彼は早々に気付くはずだ。

今回の黒幕が、浄祐であると。

「さて。まだ知られたくはありませんし、精々撤退作業ついでに証拠隠滅《しようこいんめつ》もさせてもらいましょうかね」

浄祐はクッと笑みを深めると、緩《ゆる》やかに、優雅《ゆうが》に前へ足を踏《ふ》み出した。視線の先にあった白は、すでにどこかへ姿を消している。

その眩《まばゆ》いほどの白を脳裏《のうり》に思い描《えが》きながら、浄祐は風に溶《と》かすように呟いた。

「全《すべ》ては貴方《あなた》様のお望みのままに、永膳様」

――蔓延《はびこ》る邪魔者《じゃまもの》は全て片付け、必ず私があの氷の牡丹《ぼたん》を貴方様に献上《けんじょう》いたします。

終

心地よい季節はあっという間に過ぎて、夏はジリジリと、だが確実にやってくる。

日差しの下にいるだけでジワリと汗《あせ》がにじむ、とある夏の初め。

久し振《ぶ》りに見る門を前にした黄季《おうき》は、数度深呼吸を繰《く》り返してからそっと門扉《もんぴ》に手を置いた。硬《かた》い扉《とびら》の感触《かんしょく》を確かめてからグッと力を込めれば、扉は開かず黄季の腕《うで》の方がズブズブと門扉の中に沈《しず》んでいく。

「あ、……そういう感じ？」

『前の自分だったら多分、重心崩《くず》して中に転がり込んでたんだろうなぁ』と苦笑《くしょう》を浮かべながら、黄季は前へ踏み込んだ。

水壁《すいへき》を通り抜《ぬ》けるような感触。目を閉じてその感触をやり過ごせば、たった一歩でスルリと壁《かべ》は消える。

空気の変化を感じながら瞼《まぶた》を開けば、目の前には桃源郷《とうげんきょう》のごとく美しい景色が広がっていた。

「……ほう」

どこまでも続く美しい庭。風雅《ふうが》な佇まいの屋敷。たゆたう空気さえどこか光と芳《かんば》しい香《こう》を帯びて輝《かがや》いている。

そんな何もかもが夢のように美しい庭の中で、一番美しくありながら唯一現《うつつ》の存在である貴仙《きせん》は、以前の通りに露台《ろだい》の寝椅子《ねいす》に体を預けて庭に踏み込んだ黄季を見ていた。

「泉仙省《せんせんしょう》も、中々話が分かるではないか」

氷柳《ひりゅう》は、以前のような怠惰《たいだ》な姿ではなく、戦場《いくさば》に姿を現した時に纏っていた白衣の退魔装束《しょうぞく》を隙《すき》なく着付けていた。唯一《ゆいいつ》異なる点は、その腰《こし》に翡翠《ひすい》と青輝石《きせき》で作られた佩玉がないことだけだろうか。

その姿で寝椅子の肘掛《ひじか》けに右肘を預け、ゆったりと足を組んで腰掛《こしか》けた氷柳は、姿を現した黄季が纏う装束を見つめると満足そうに瞳を細める。

「蘇芳《六位後翼》とはな」

「えと……落ち着かないん、ですけど……」

「黒《九位》よりよほど似合う」

氷柳の言葉を受けた黄季はポリポリと頬《ほお》を掻く。

そんな黄季が纏う袍は先日までの黒から新調され、蘇芳《すおう》に変わっていた。

先日の騒動《そうどう》が収まった後、慈雲《じうん》から押し付けられた袍がこれだった。慈雲は『あの一件で一番の功労者は間違《まちが》いなくお前だ。実力に見合った位階拝受だ、つべこべ言わずに受け取れ』と言っていたが、間違いなく黄季の推薦人《すいせんにん》が氷柳……『氷煉比翼《ひれんひよく》』の片翼《かたよく》である汀《てい》涼麗《りょうれい》であり、その相方に黄季が指名されているという事実が効いた結果だと黄季は思っている。そうでなければ元々翼編《よくへん》試験の受験さえ危《あや》うかった自分が紺《八位》、赤銅《七位後翼》を飛ばして蘇芳《六位後翼》を下賜《かし》されるはずがない。

「お前は髪《かみ》と瞳の色が明るいから、後翼《こうよく》の赤が似合うだろうと思っていたんだ」

ちなみに泉仙省では、翼編試験に合格した直後の八位退魔師達は前翼《ぜんよく》、後翼を問わず紺の袍《ほう》を纏《まと》い、そこから功績を上げて七位になるとようやく前翼は青銅、後翼は赤銅《しゃくどう》と袍の色が青と赤に分かれる。位階に上中下という区分ができるのも七位からだ。黄季の今の位階は六位の下ということらしい。

「そういえば今更《いまさら》ですけど、氷柳さんって前翼だったんですね」

「『氷柳煉虎』を略して『氷煉比翼』だ。並び順から言っても私が前翼だと考えるのが妥《だ》当《とう》だと思うが?」

「言われてみれば、そうなんですけど……。得物が飛び道具だったから、勝手に後翼かと」

「ああ……」

黄季の言葉に氷柳は納得の声を上げた。同時に、少しだけ気まずそうに視線が逸《そ》らされる。

「……まあ、私自身は単騎《たんき》でも前線に出られるように仕込まれたから、前翼、後翼、どちらでもできるのだが」

青と赤に分かれた一対《つい》は、三位まで位を上げると再び同じ色の袍を纏うことになる。

それが白。死装束《しにしょうぞく》にも似た白衣《びゃくえ》。

「組んでいた相手が、師の孫で、兄弟子《でし》で、主家の次期跡取《あとと》り息子《むすこ》で、私の主《あるじ》でもあったからな。……前線にあまり置いておきたくなくて、泉仙省に入省が決まって正式に対になると決まった時に、私が前翼を志願したんだ。向こうは向こうで、私を後ろに置いておきたかったらしいがな」

氷柳が揃《そろ》いの装束を着た相方といた時代を、黄季は知らない。懐《なつ》かしそうに瞳《ひとみ》を細める氷柳が、一体どんな光景を脳裏に蘇《よみがえ》らせているのかも。

そんな氷柳の隣《となり》に並ぶのが自分なんかでいいのかと、今でも黄季は躊躇《ためら》う気持ちがある。戦いの場に立つ自分の隣に氷柳を置いていいのかも、正直に言えば分からない。

──でも。

黄季は真っ直《す》ぐに顔を上げると、己《おのれ》の意志で足を前に進めた。池を迂回《うかい》し、屋敷《やしき》の軒先《のきさき》まで歩を進めた黄季を見た氷柳は、微《かす》かに口角を上げて黄季を見遣《みや》る。

「さて。泉仙省側の答えは分かった」

常と変わらず静かな声で言葉を紡《つむ》いだ氷柳は、スッと優雅に立ち上がった。数段分の階段を下りる氷柳に従って、フワリ、フワリと白衣が羽衣《はごろも》のように揺《ゆ》れる。

「次はお前からの宣誓《せんせい》を聴《き》こうか」

自ら黄季との最後の距離《きより》を詰《つ》めた氷柳は、黄季の目の前に両手を差し出す。

そんな氷柳に黄季は目を丸くした。

「え、比翼宣誓《ひよくせんせい》って、申し入れた側の人が言うものなんじゃ……」

「私は一度相方を失った経験があるからな。そんな人間から宣誓を交《か》わすのは縁起《えんぎ》が悪い」

「そ、そういうものなんですか？」

「験《げん》は担《かつ》いで損はないだろう」

氷柳にそう言い切られると無条件に『そうなのかもしれない』と思えてくるから不思議だ。

──まさか、俺がここ数日浮《う》かれに浮かれまくって、『宣誓する側だったらこんな言葉を言いたいなぁー』なんて考えてたってことを読んでいる、とかいうオチじゃないよな？『きっと言うにしても聞くにしても人生一回きりだろうし！』などと、氷柳がどんな宣誓文言を口にするのか、あるいは自分が口にするならどんな文言がいいかと考え続けていたせいで、実は最近寝不足《ねぶそく》だったりする。さすがに氷柳も読心術までは使えないだろうから、そんな黄季の実態を氷柳が知る由《よし》はないはずだ。だが万が一にも黄季の内心を氷柳が覚《さと》ってお鉢《はち》を回してきたのだとしたら、今すぐ穴を掘《ほ》って埋《う》まりたいくらいにいたたまれない。

そんな羞恥《しゅうち》をコクリと喉《のど》を鳴らして飲み込んでから、黄季は差し出された氷柳の両手を下から支えるように取った。

比翼宣誓。

自ら選んだ相方を持たない退魔師《たいまし》が、己の相方になってほしいと願った相手にその旨《むね》を申し込むこと。泉部《せんぶ》退魔師にとっては、一生に一度とも言える、何よりも重要な宣誓だ。

その文言に特に決まりはないとされているが、古い有名な詩歌になぞらえて『天に在りては比翼の鳥　地に在りては連理の枝　汝《なんじ》と共に一葉《いちよう》に命を預《あず》く対とならんことをここに請《こ》う』と述べることが多いという話だ。名を馳《は》せる一対のことを『比翼』と呼ぶのも、この宣誓文言から来ている。

——でも、俺は。

瞳を閉じて呼吸を整えた黄季は、瞼を押し上げて真っ直ぐに氷柳を見上げてから、心に抱《いだ》いた大切な言葉を音に乗せた。

「我《われ》ら共に天を翔《か》ける比翼とならんとも、連理たるを望まず」

——背中を預け合うことはあっても、頼《たよ》りきりになることはなく。

「汝と共に一葉に命を預くとも、決して泥《どろ》には沈まず」

——たとえ対の片割れが倒《たお》れようとも、共に倒れることはなく。

「対に在れども各々《おのおの》両の翼を広げ、共に蒼天《そうてん》に在らんことを、ここに請う」

——互《たが》いに身を寄せ合って飛ぶのではなく、互いに両の翼を広げ合って、互いにそれぞれの力で自由に空を飛ぶ、そんな一対でありたい。

黄季はそんな思いを込めて、ギュッと氷柳の手を取る指先に力を込める。

黄季の宣誓に言葉を失《な》くしたかのように目を丸くする氷柳を、今度は自分が引っ張っていけるように。

誰《だれ》もいない、ただ美しいだけの虚《うつ》ろな庭の中に、今度こそ独り取り残していかなくてもいいように。

「……比翼に在れども連理を望まず、……か」

氷柳の唇《くちびる》から再び言葉がこぼれるまでに、一体どれだけ時間が必要だったのだろうか。

緊張《きんちょう》とともに氷柳を見上げていた黄季の前で、ふっと氷柳が瞳を和《なご》ませた。

「奇遇《きぐう》だな。私も、同じことを願っていた」

「え？」

氷柳の言葉に黄季は目を瞬《またた》かせる。

そんな黄季の手を、今度は氷柳が強く握《にぎ》りしめた。

「宣誓、お受けいたしましょう」

静かで、いつだって黄季の心に深く染《し》み入る声が、凛《りん》と、黄季に応《こた》える言葉を紡ぐ。

「我ら共に蒼天を舞《ま》う鳳凰《ほうおう》たらんことを」

退魔師の宣誓は、絶対だ。言葉の力を借りて呪歌《じゅか》を紡ぐ退魔師の言葉は、退魔師達にとってはは何よりも、……場合によっては命よりも重い。

そんな宣誓の言葉を惜《お》しむことなく、氷柳は黄季に返してくれた。ジワリと、体温が上がる。黄季と繋《つな》がった氷柳の指先も、今まで触《ふ》れた中で一番熱がこもっているような気がした。

だというのに氷柳は、実にあっさりと黄季から手を離してしまう。

「奇《く》しくも、宣誓に揃える形になったな」

「はい？」

そんなつれない氷柳の手は、懐《ふところ》に入ると何かを摑《つか》んで帰ってきた。『何だろう？』と首を傾《かし》げていると、氷柳は取り出した品を黄季の手に載《の》せる。

自分に託《たく》された品に視線を落とした黄季は、それが何であるかを理解した瞬間《しゅんかん》、思わず息を詰めた。

「本来は、泉仙省が台となる石を用意して、比翼宣誓を交わした当人達で意匠《いしょう》を相談して刻むものなのだが。慈雲に用意させて、また何か勝手に術式を刻まれるのも嫌《いや》だったからな」

黄季の手に載せられていたのは、円環《えんかん》状の銀の台座の下で赤い輝石《きせき》が煌《きら》めく佩玉《はいぎょく》だった。なぜかその佩玉から氷柳と黄季、それぞれの霊力《れいりょく》の余波を感じ取った黄季は、佩玉に使われた素材に思い至ってハッと顔を上げる。

「氷柳さん、もしかしてこの銀……」

「丁度良くあの鏡が返ってきたからな。昔の伝手《つて》を頼って、ふたつ分の佩玉に加工してもらった」

「ふたつ分……」

その言葉に黄季は氷柳の腰《こし》に視線を落とす。

白衣の袍《ほう》の腰元。先程《さきほど》までは衣《ころも》に隠《かく》れて見えていなかった場所に、黄季の手の中にある物と揃い意匠の、青輝石が輝《かがや》く佩玉が下げられていた。

銀と青、涼《すず》やかな煌めきを見せる氷柳の佩玉をまじまじと見つめた黄季は、今度は恐《おそ》る恐る自分の手の中にある佩玉に視線を落とす。

銀の台座部分に、大空を悠々《ゆうゆう》と舞う一対の鳳凰が彫《ほ》られた佩玉に。

——鳳と凰は、一対とされているけれど、それぞれに翼《つばさ》があって、片方だけでも空を飛んでいける。

比翼《ひよく》は、一対が揃わなければ空を飛べない。黄季は氷柳にそんな不自由な存在にはなってほしくなかった。

願わくは、空を悠々と舞う鳳《おおとり》のごとく。互いにそうでありながら、それでも寄り添《そ》う鳳凰のように。

そんな願いを氷柳も持っていてくれたということが、こんなにも、……こんなにも、心

を熱くしてくれる。

「……っ」

黄季は勝手ににじんできた涙《なみだ》を腕《うで》でこすって誤魔化《ごまか》すと、受け取った佩玉を腰に吊《つ》るした。蘇芳《すおう》の袍に映《は》える銀と赤の佩玉は、黄季の腰に収まると誇《ほこ》らしげに煌めきを放つ。

その様を確かめてから顔を上げた黄季は、さらにその先に見えた光景に息を呑《の》んだ。

まるで咲《さ》き誇る、百花の王のような。

氷が溶《と》け落ちたその中から、大輪の牡丹《ぼたん》が咲き誇る。

今まで見てきたどんな表情よりも柔《やわ》らかく、どこか満足そうにも誇らしそうにも見える表情で、氷柳が笑っていた。

その姿は、皇帝《こうてい》の秘庭に咲き誇る牡丹の花よりも、国を傾《かたむ》けたという伝説の妃《きさき》よりも、……もしかしたら本物の貴仙《きせん》よりも、美しいのかもしれない。

「よく似合《え》っている」

その笑みを湛《たた》えたまま、氷柳は声の端々《はしばし》にまで満足をにじませてそう口にした。

退魔術指導において何よりも、誰よりも厳しかった氷柳が今、己《おのれ》との対《つい》の証《あかし》を身に着けた黄季を、手放しに、満足そうに褒《ほ》めている。

その我が目を疑うような現実に、呼吸はおろか、心臓まで一瞬動きを止めたような気がした。

「あ、あの！　氷柳さんっ！」

そんな状態であるにもかかわらず、黄季の口は勝手に声を上げていた。だが本当に勝手に声の方が飛び出していったものだから、続く言葉が見つからない。

発作的に呼びかけてしまった黄季に対して、氷柳は柔らかく笑んだまま小首を傾げる。出会った当初は、こんな風に穏《おだ》やかに言葉を待ってもらえる関係になれるとは思ってもいなかった。

「えっと、あの」

だというのに、肝心《かんじん》の言葉が見つからない。本当に、見つからない。

何と続けるべきなのか。

空回る思考で必死に考えた末、飛び出してきたのは実に間抜《まぬ》けな質問だった。

「お、俺が作った料理の中で、何が一番美味《おい》しかったですかっ⁉」

黄季の問いに、氷柳は面食《めんく》らったように目を丸くした。そんな氷柳を見た黄季は、硬《こう》直《ちょく》したまま内心だけで頭を抱《かか》えて悶絶《もんぜつ》する。

──ぬぁぁぁぁっ⁉　何でっ⁉　何でよりにもよってそれなんだよ俺ぇぇぇぇっ‼

もっと言うべき言葉があったはずだ。もっと、こう、空気を読んだ、もっと真面目《まじめ》で重要な言葉が。

──確かに気になってたけどっ！　それ今一番どうでもいいことぉぉぉぉっ‼

「どれも美味《うま》かったが、やはり水餃子《すいぎょうざ》の汁物《しるもの》はもう一度食べたいな」

そんな風に悶絶していたから、一瞬、氷柳の言葉を聞き逃《のが》しかけた。

黄季は目を瞬かせると改めて氷柳を見上げる。少し呆《あき》れたような、それでいてどこか面《おも》白《しろ》がっているような、……『牡丹が咲いたような』と表現するには少し気が抜《ぬ》けた、実に人間らしい笑い方で氷柳は笑いかけてくれていた。

「結局、所望《しょもう》した分を作ってもらえていない」

──あ、俺、

「できればまた、作ってほしい」

──今の笑い方が、一番好きかも。

「……はい」

そんな心を笑みに乗せて、黄季はそっと頷《うなず》いた。

きっと今の自分は、氷柳以上に柔らかく笑み崩《くず》れていることだろう。

「……っはい！」

そんな黄季にもうひとつ笑みを落として氷柳は身を翻《ひるがえ》した。そんな氷柳の背中に黄季は声をかける。

「今日は何をしましょうか？　ここひと月来られてなかったわけですし、ひとまず掃除《そうじ》でもしましょうか？」

そんな黄季を振《ふ》り返った氷柳は、すでに常の無表情に戻《もど》っていた。黄季の言葉にハタハタと目を瞬かせた氷柳は、視線に少しだけジットリとした批難を混ぜる。

「……何でお前は家事をする気満々なんだ」

「いや、だってこれからもお世話になるわけですし！　まずは感謝の気持ちを勤労で表すべきかと思って」

「……勤労で表す前に、退魔師《たいまし》として鍛錬《たんれん》に励《はげ》んでほしいわけだが」

寝椅子《ねいす》に体を預けた氷柳は、以前と変わらない、わずかに苦みを溶かした無表情でフイッと顔を逸《そ》らす。どうやら氷柳は家事能力がないだけではなく、誰《だれ》かに家事をこなされることもあまり好きではないらしい。

そんな氷柳の内心が分かってしまった黄季は、氷柳には分からないようにひっそりと満足の笑みを浮《う》かべた。

「もちろん、鍛錬にだって励みます。だって俺が振るう術はもう、俺の身だけを守るためにあるわけじゃないんですから」

その言葉に氷柳はチラリと黄季を見上げた。それからさらに寝椅子に身を埋《うず》めるように体勢を整えた氷柳は、わずかに口角を上げると笑みが溶けた声音《こわね》で黄季に答える。

「期待しておいてやる」

「はいっ！」

気合いの入った声は、幻《まぼろし》に囲まれた世界の中でも凛《りん》と響《ひび》いた。

以前よりも青を濃《こ》くした空の中では、高く高く一対の鳥が舞《ま》う。その影《かげ》を見上げて眩《まぶ》しさに目を細める黄季をチラリと見上げた氷柳が、わずかに口元の笑みを深くしていた。

あとがき

　本書をお手に取っていただき、ありがとうございます。安崎依代《あんざきいよ》です。先月に引き続きの刊行となりました。「先月？」と首を傾《かし》げた皆様《みなさま》は、ぜひ『押《お》しかけ執事《しつじ》と無言姫《むごんひめ》　忠誠《ちゅうせい》の始《はじ》まりは裏切《うらぎ》りから』もよろしくお願いいたします。向こうは『次期国主候補のハイスペチート公爵令嬢《こうしゃくれいじょう》（※引きこもり）』と『イケメン有能な押しかけ執事（※元秘密結社幹部）』という物騒《ぶっそう》な主従が主役で本作とテイストが異なりますが、間違《まちが》いなく安崎作品でございます。「両方買ったよ！」「今から買う予定だよ！」という皆様には、冒頭《ぼうとう》からではありますが深く御礼申し上げます。ありがとうございます。

　さて。本作は落ちこぼれの新人退魔師《たいまし》（訳アリ）と美貌《びぼう》の師匠《ししょう》（訳アリ）が出会ったことによって、互《たが》いの運命と一緒《いっしょ》に世界の運命も回りだす、中華《ちゅうか》で退魔でバディなファンタジーです。小説投稿《とうこう》サイト「カクヨム」等で連載《れんさい》していた作品に御縁《ごえん》をいただきまして、書籍《しょせき》版を上梓《じょうし》させていただけることになりました。連載版よりもギュギュッと旨味《うまみ》が詰《つ》まった書籍版になったと思います。安崎自身もとても楽しんで執筆《しっぴつ》させていただきました。そりゃあもう、没頭《ぼっとう》しすぎて締《し》め切《き》り間際《まぎわ》に熱を出したくらいには。のめり込みすぎるとうっかり寝食《しんしょく》を忘れる悪癖《あくへき》は、いい加減どうにかしたいものです。

では、ここからは謝辞を。

素敵《すてき》なイラストを描《か》いてくださった縞様《しまさま》。初めてラフを拝見した時から、毎回確認のたびに「ひゃー！」という歓喜《かんき》の悲鳴が漏《も》れているのはここだけの秘密です。ご指導ご鞭撻《べんたつ》いただきました担当様。担当様の「私はもっと安崎さんの癖《へき》と業《カルマ》が見たいんですよ……！」というご指導により書籍版はここまで美味《おい》しくなりました。これからもどうか末永くお願いいたします。

連載版を支えてくださった読者の皆様方。皆様のおかげでここまで来ることができました。こちらも楽しんでいただけたでしょうか？　これからは連載版、書籍版ともによろしくお願いいたします。我が盟友コウハとコウハの妹君、そして毎度のごとく嫁《よめ》を自由に放牧してくれている旦那殿《だんなどの》。いつもありがとう。本書の制作、販売《はんばい》に携《たずさ》わってくださった全《すべ》ての皆様へ。この場をお借りして御礼《おれい》申し上げます。

そして今、本書を読んでくださっている皆様へ。少しでも楽しんでいただけたならば、作者としてこれ以上の喜びはございません。

どうか次巻という形でまたお目にかかれますように。ありがとうございました！

安崎依代

本書は、カクヨムに掲載された「比翼は連理を望まない」を改題・加筆修正したものです。

BEANS BUNKO

「比翼は連理を望まない 退魔の師弟、蒼天を翔ける」の感想をお寄せください。
おたよりのあて先
〒102-8177 東京都千代田区富士見2-13-3
株式会社KADOKAWA 角川ビーンズ文庫編集部気付
「安崎依代」先生・「縞」先生
また、編集部へのご意見ご希望は、同じ住所で「ビーンズ文庫編集部」
までお寄せください。

比翼《ひよく》は連理《れんり》を望《のぞ》まない
退魔《たいま》の師弟《してい》、蒼天《そうてん》を翔《か》ける
安崎《あんざき》依《い》代《よ》

角川ビーンズ文庫 23975

令和6年1月1日 初版発行

発行者――――山下直久
発　行――――株式会社KADOKAWA
〒102-8177 東京都千代田区富士見2-13-3
電話 0570-002-301(ナビダイヤル)
印刷所――――株式会社暁印刷
製本所――――本間製本株式会社
装幀者――――micro fish

●お問い合わせ
https://www.kadokawa.co.jp/ (「お問い合わせ」へお進みください)
※内容によっては、お答えできない場合があります。
※サポートは日本国内のみとさせていただきます。
※Japanese text only

ISBN978-4-04-114490-9 C0193 定価はカバーに表示してあります。 ◇◇◇